我有霸總光環

【第一部】

攻心為上

（下）

江月年年　著

高寶書版集團

目錄
CONTENTS

第一章　感動不過三秒鐘

夏醫院內僻靜的角落，楚楚和夏笑笑正坐在長椅上接受訓斥。

「誰能跟我解釋一下事情的經過？」張嘉年面無表情地注視著兩名始作俑者，努力鎮定地發問。

夏笑笑立刻為偶像辯駁，果斷道：「總助，楚總是有苦衷的……」

張嘉年淡淡道：「把人砸到腦震盪，在急診室搶救，聽起來確實滿苦的。」

張嘉年在得知消息的時候都傻了，他雖然知道楚總很討厭南彥東，但她沒道理像個幼稚園的小孩一樣，把人家的頭打破吧？他向來以為楚總是嘴炮派，只會用話語把敵人氣死，絕不費半點力氣，沒想到有天還會聚眾鬥毆？

不對，目前看來是單方面地碾壓凌虐。

南彥東還不是一般人，南風集團不但跟齊盛集團合作密切，南董更是楚董的好朋友。如今楚總闖下大禍，南家要是真的追究起來，肯定沒有好下場。

張嘉年匆匆趕來，本想了解一下起因經過，沒想到兩人的嘴卻像是被焊死。楚楚是一言不發、只求報警，夏笑笑是磕磕絆絆、說不清楚。

不過這也不能怪夏笑笑，她確實不知道楚總為什麼要用扳手打人。

張嘉年勉強從夏笑笑那邊弄懂了來龍去脈。南彥東約夏笑笑在地下停車場面談，楚總卻突然衝出來，直接用扳手將其爆頭。他一時不知道該吐槽南彥東莫名其妙的行為，還是楚總的暴力飛擊，抑或是辰星辦公室內突然出現的扳手？

夏笑笑：「總助，楚總都是因為我才會這樣，你不要怪她……」

張嘉年：「……我又沒被打暈，當然不會怪她。」

張嘉年心想：該怪罪的人還躺在急診室，妳們兩個還這麼重義氣？

張嘉年望向楚楚，嚴肅道：「您還有什麼想補充的嗎？」

楚楚深感後悔，她無奈地捂臉，再次說道：「報警吧，我自首。」

夏笑笑焦急道：「那怎麼可以！」

張嘉年沉默片刻，認真地詢問：「您是真心感到愧疚嗎？」

楚楚：「……其實也沒那麼真心啦。」

楚楚：畢竟出手把這個煩人精打倒，回憶起來也挺愉悅的？

張嘉年：「……」

楚楚瞥見他的臉色，立刻改口道：「絕對是真心愧疚，我為自己可恥的行為感到後悔和後怕！」

張嘉年這才滿意，他正色道：「我會提前跟董事長溝通，努力跟南家協商，嘗試私了此事。當然，一切的前提是南彥東的身體沒有任何問題，可以順利康復。」

楚楚難得乖乖點頭，老實地應聲。

張嘉年目光一深，補充道：「但您也必須做好心理準備，如果南彥東恢復的情況不佳，或者醒來後不願私了，一方面您在態度上要盡量服軟，一方面您要做好最壞的打算。」

雖然張嘉年會竭盡全力地幫楚總處理此事，但南家也不是好惹的，說實話，他並沒有百分之百的信心。

楚楚像是個被教育的小朋友，低頭答道：「好的，我明白。」

張嘉年看她露出做錯事的表情，這才嘆了口氣：「我去打電話給董事長。」

楚楚的視線不安地飄移，小心翼翼地問道：「他不會罵你吧？」

張嘉年露出「原來妳也知道」的表情，波瀾不驚道：「又不是第一次。」

張嘉年也不是第一次告訴董事長壞消息，只是這次太壞了而已。

楚彥印在接到張嘉年的電話時，竟然無力罵人或大發雷霆，而是差點氣到昏厥。

楚彥印揉著有些疼痛的太陽穴，只覺得自己又老了十歲：「我以後是要去送牢飯給她嗎？」

她一個女孩子，哪來的膽子投擲扳手？

張嘉年還算平靜，努力勸慰道：「我們目前仍在醫院，現在只能等南總醒來後，讓楚總率先道歉，盡量將大事化小。醫生說情況並不嚴重，應該很快就能甦醒，只是需要留院觀察一段時間。」

楚彥印：「好好好，嘉年，那邊就交給你了，我想想該怎麼跟南董說……」

楚彥印同樣萬分崩潰：都這麼大的人了，還會做出這種事！

張嘉年打完電話後，跟闖禍二人組在醫院等待著受害者清醒。醫生的診斷沒有錯，南彥東只是因為腦震盪而陷入短暫昏迷，很快就醒了過來。

南彥東躺在床上，緩緩睜開眼睛。他在看清病床邊的人後，不禁面露茫然：「嘉年，你怎麼在這裡？」

楚楚眼看著對方頭頂的光環又發生變化，變成「溫柔男配角」光環。

楚楚：他究竟是什麼人，怎麼還有三副面孔？

張嘉年同樣因為對方的稱呼發愣，思緒一下子被扯回校園時光。他猶記上次跟南彥東見面時，對方不屑一顧的態度和鄙夷的話語，怎麼現在變化如此之大？難道楚總投擲出的是開光過的神扳手？

張嘉年沒有忘記正事，他硬著頭皮道：「南總，這次實在是很對不起。楚總也是一時失手，沒有故意為難您的意思，這是個誤會。」

南彥東一愣，隨即和善地笑笑：「我是你的學長，不需要這麼客氣，既然是誤會，那就讓它過去吧。」

張嘉年面露訝異，沒想到南彥東如此好說話，整個人的氣質像是回到學生時代。

楚楚眉頭一皺，面露古怪，忍不住想要上前檢查：「你是不是撞壞腦袋了？」

楚楚沒走幾步，便被張嘉年攔住。張嘉年生怕楚楚再對南彥東動手，小聲提醒道：「楚總，您剛剛可說過，對自己的行為感到後悔和後怕。」

楚楚只得停下腳步，狐疑地盯著剛清醒的南某。

南彥東不解地摸摸頭，同時倒吸一口涼氣。他碰到傷口，茫然道：「我好像真的撞到頭了？」

南彥東發現自己的腦袋鼓起一個包，稍微一摸就會痛。

張嘉年詢問道：「南總，您現在還會覺得不舒服嗎？」

張嘉年看到南彥東如此奇怪，心中憂慮頗深，萬一他真的被楚總砸出問題，南家大概不會善罷甘休。

「還好，就是有一點暈。」南彥東老實地回答，溫和道，「你居然還叫我南總？」

楚楚直接挑眉：「不然呢？」

張嘉年用眼神拚命向楚總示意，禁止她刺激患者情緒，免得她現在嘴炮一時爽，最後牢飯吃到飽。

南彥東看楚楚一眼，隨即笑了笑：「嘉年可以像過去一樣叫我 Alan。」

「……」楚楚如遭雷劈，難以置信道，「你說你叫什麼？」

張嘉年好脾氣地解釋：「楚總，Alan 是南總的英文名字。」

楚楚陷入困惑狀態，她趕緊把夏笑笑推到他面前，問道：「那你認識她嗎？」

夏笑笑滿臉茫然，卻還是乖乖站定，接受南彥東的打量。南彥東臉上浮現出歉意的神色，遲疑道：「這位是……」

楚楚心想：這是你的太陽女神，你居然都不記得？

楚楚恍然大悟，終於明白她聽到南風集團時的熟悉感，這是男配角家的產業！

《巨星的惹火嬌妻》中的男配角名叫 Alan，是留學歸國的鋼琴天才。他暗戀著夏笑笑，一直默默為她付出，卻不敢坦露自己的心意。他似乎患有某種心理疾病，將夏笑笑當作寄託，私下稱呼她為「太陽女神」。

楚楚在看小說時，對這些內容都一掃而過，全篇男配角的名字都是 Alan，誰會記得他本名叫南彥東？畢竟南彥東聽起來有夠土，跟楚彥印是同一種風格。

張嘉年見南彥東不認識夏笑笑，心中更加疑惑：「您不認識她，為什麼要跟她面談？」

「你們聊了什麼？」張嘉年這才發現自己遺漏了許多細節，他只想著如何幫楚總洗脫罪名，卻忘了南彥東和夏笑笑見面的原因。

夏笑笑不想說穿監視器畫面的事情，不由避重就輕，支支吾吾道：「南總說我之前很喜歡聽他彈鋼琴，但我們以前其實沒見過……」

張嘉年：「……」

楚楚：「嘖嘖，還挺會把妹的。」

南彥東驚訝地瞪大雙眼，難以置信道：「真的嗎？」

夏笑笑肯定地點點頭，振振有辭地複述：「我轉身要走，您叫我等等，然後您說『妳以前很喜歡聽我彈鋼琴』。我說對我鋼琴沒有興趣，您就發怒了。正當您在跟我爭辯時，楚總就抵達了停車場，然後您就被扳手輕輕地碰了一下……」

張嘉年轉頭，看向南彥東，確定道：「是這樣嗎？」

南彥東毫無印象，他茫然無措地呆坐在病床上，似乎正在回想。

夏笑笑被他盯得有點心虛，雖然她沒有說出南總對楚總的詆毀和監視器畫面，但應該不算過分加工吧？

「我不記得了……」南彥東思考片刻後答道，他望向夏笑笑，鄭重其事道，「不過妳不該說對鋼琴沒興趣，這會成為妳人生的遺憾，我確實有可能因此發怒。」

張嘉年：「……」

張嘉年：等等，這是重點嗎？

重點不是被扳手砸頭，而是對鋼琴不感興趣？

南彥東語重心長地規勸：「我覺得妳必須要聽聽看鋼琴的聲音，絕對會改變現在錯誤的觀點。」

夏笑笑手足無措：「可是我不懂音樂……」

南彥東真誠地注視著她：「妳不需要懂音樂，只要憑感覺體會就好。」

南彥東居然拉住夏笑笑，強行推薦她各種鋼琴曲，簡直像是可怕的直銷組織，源源不絕地進行洗腦。他從巴哈講到舒伯特，恨不得把著名音樂家歷數一遍。

楚楚聽著兩人的談話，不由昏昏欲睡。她忍不住打了個哈欠，詢問張嘉年：「這裡還有我的事嗎？」

張嘉年：「……看起來是沒有了。」

張嘉年內心萬分茫然，他稍微總結一下劇情，這難道是一起課外音樂輔導班引發的流血事件？

課外輔導老師南總強拉小孩夏笑笑報名鋼琴班，被蠻橫不講理的暴力家長楚總打爆頭，醒來後仍不屈不撓地要求她報名課程。果然，再苦也不能苦了孩子，再窮也不能窮於教育？

除此之外，他想不出南彥東和夏笑笑見面約談的理由。畢竟夏笑笑在公司還是個無名小卒，她既沒有背負商業機密，本身又無出眾之處，唯一的標籤就是「楚總的腦殘粉」。

兩人簡直八竿子打不著，他們不在地下停車場聊音樂，還能聊什麼？

張嘉年只能用如此離奇的理由說服自己，反正南彥東看起來也不打算追究楚總的責任。

他大概想破頭也不會知道真實原因，還不如就此打住。

楚楚將夏笑笑留下來吸引南彥東的視線，自己則成功從病房脫身。畢竟男配角也沒辦法對女主角做什麼，頂多逼著她學鋼琴。張嘉年跟著楚總出門，他垂下眼，忍不住開口：「您到底還有多少事瞞著我？」

這其中肯定還有沒說出口的祕密，光看夏笑笑遮遮掩掩的態度就知道。

楚楚撞上他如墨的眼神，不由陷入沉默。片刻後，她眨眨眼，猶豫道：「嗯……你問的是哪一件？」

張嘉年：「……」

張嘉年：這意思是隱瞞的事情還挺多的？

張嘉年露出滿分的營業笑容，無懈可擊道：「您可以逐一向我坦白，我一定會好、好、記、住、的。」

張嘉年往常一絲不苟的領帶此時有些歪斜，額角碎髮凌亂，他似乎是匆忙趕來的，顧不上這些細節。他為此事忙了一整天，猶如救火隊員，跟在後面收拾爛攤子。

張嘉年不知道自己上輩子欠她什麼債，這輩子要如此賣命地來還。

楚楚想了想，乾脆唱起改編版的〈當你〉，回答他的問題：「當你的眼睛瞇著笑，當你質問我當你鬧，我想對你說，卻害怕都說錯……」

張嘉年冷靜地吐槽：「如果您想交流音樂，可以進病房跟他們一起探討。」

楚楚想起屋內的音樂二人組，歌聲戛然而止。

張嘉年成功制止她逃避話題的行為，嚴肅道：「請您正面回答問題，還有什麼是我不知道的？」

楚楚小心地打量他的神色，怯怯地唱道：「好喜歡你，知不知道……」

張嘉年：「……」

楚楚：「需要我再唱一遍嗎？」

張嘉年：「……謝謝您，不用了。」

張嘉年在楚總新一波插科打諢中，成功迷失自己最初的方向，完全遺忘自己的疑問。

南彥東對腦震盪前的記憶不太清晰，他大度地表示自己跟楚楚是不打不相識，便讓此事輕描淡寫地過去了。當事人都不追究，南家自然也無話可說，畢竟沒人了解真實情況，加上有舊仇在前，南彥東曾經放過楚楚的鴿子，南董也不敢過分責怪。

南董無奈地拍了拍楚彥印，語重心長道：「楚董，我明白，都是孩子們鬧著玩，彥東上次也挺不像話的……不過從今以後，我們兩家依舊好好的，可以吧？」

楚楚把自己兒子的腦袋打破，以後應該不會再記恨放鴿子的事情吧？

南董堅信事情的禍端是放鴿子事件，不過這報復手段未免也太過強硬？

「當然當然，哪裡的話。」楚彥印虛偽地應和道，內心默默鬆了口氣，起碼不用去監獄幫她送牢飯了。

目前來看，事情似乎是皆大歡喜，楚楚不用坐牢，南彥東復原，楚南兩家和解。唯一的美中不足，大概是夏笑笑被迫報名了鋼琴班，強行接受音樂薰陶。

楚彥印送走南家人後，轉頭就對楚楚勃然大怒，開始暴風式訓斥：「妳哪來的膽子，居然敢打南家的人？妳知不知道南風集團的影響力？」

雖然楚彥印也覺得南彥東放鴿子的行為相當欠揍，但他作為父親，還是要先罵自己的孩子，她怎麼能隨便打人！

楚楚遲疑道：「齊盛是比不過南風嗎？」

楚楚本以為齊盛最厲害，沒想到南風更勝一籌，所以老楚才有所顧忌？

楚彥印立刻不快，不容女兒質疑自家的實力，駁斥道：「不是，它比不過齊盛……」

楚楚誠心求教：「那我為什麼沒有膽子？」

楚彥印語塞片刻，感覺邏輯被帶偏，強調道，「不對，我們兩家有很多合作，妳不該打合作夥伴！」

楚楚：「你的意思是，我以後要先確認合作的對象有哪一些，然後再挑人來打？」

楚彥印：「……」

楚彥印覺得自己說不清了，他終於抓住重點，果斷道：「我的意思是，妳以後不許打人！有什麼事情不能講道理？」

楚楚：「我平時講道理，你不也是氣得想打人？」

楚彥印：「……」

楚彥印：妳什麼時候會講道理，全都是歪理！

楚彥印對楚楚是眼不見心不煩，他看事情已經解決，立刻上車走人。楚彥印坐在車內，面對著車窗外的張嘉年，語重心長地叮囑：「嘉年，你最近好好盯著她，千萬別再讓她惹出大禍……」

「……我是管不了她，反正只要別犯法，其他都好說。」楚彥印沉重地給出最低標準，只要楚楚別做出傷天害理的事情，他們就還能滅火。

張嘉年心想楚董的要求難度太高，但他還是應聲道：「好的，您路上小心。」

雖然張嘉年不知道該如何盯著楚總，但他現在只能滿口答應，不敢再刺激董事長脆弱的情緒。

楚彥印一走，張嘉年便意識到有必要跟楚總約法三章。楚楚無事一身輕，她哼著小調，悠閒地跟著張嘉年上車。

因為事發突然，張嘉年是自己開車過來。車門一關，他透過後照鏡看著後座的楚總，努力心平氣和道：「我理解您所在的世界裡的法律和法規，可能跟我們有所不同，但入境隨俗，您在這裡還是要遵守我們的規則。」

「故意傷人顯然也不是修士該做的事，您說對吧？」他漸漸掌握跟楚總交流的方式，用溫和的語氣進行交涉。

「好吧……」楚楚自知理虧，又無法解釋奇怪的聲音，她不甘心道，「因為對方是你的學長？」

楚楚狐疑地發問，她有著敏銳的嗅覺，總覺得兩人之間有些前塵往事。

「當然不是，這跟對方的身分無關。」張嘉年矢口否認，繼續循循善誘，「我希望您以後在做出過激行為之前，能先通知我一聲。如果您真的遇到必須動手的事情，也該讓我們底下人先上，總不能親自衝鋒陷陣。」

楚楚嘀咕道：「那要是情況緊急，趕不上呢……」

張嘉年平靜道：「只要您有心告訴我，那就一定趕得上。」

楚楚挑眉：「年輕人，話別說得這麼滿，難道你能隨叫隨到？」

他難道是全年無休的外送員，可以風雨無阻嗎？至少楚楚是不相信的。

張嘉年透過後照鏡看她一眼，波瀾不驚道：「您可以試試。」

張嘉年覺得目前的工作重點，是打消楚總危險的思想，先讓她建立起遇到困難要找人的習慣，千萬別再親自上陣打人。她如今是在違法邊緣瘋狂試探，實在是讓人膽戰心驚。

「哦……」楚楚似有所悟，也沒再多言，視線瞟向車窗外。

張嘉年見狀，本以為跟楚總順利完成溝通，但很快就發現兩人的想法好像有偏差。

李泰河的新電視劇《游離者》宣布開播，一時風頭正盛，各家媒體爭相宣傳報導。另一邊，辰星影視快要垮臺的傳聞甚囂塵上，顯得淒淒慘慘。

自從李泰河解約後，辰星影視就沒再出品過任何電視劇，最近公司內部又頻頻出現高層變動，自然會引人遐想。當紅巨星出走，高層交接，不少人都覺得辰星是大廈將傾，到達轉捩點。

天鵝：『李泰河一走，辰星就要衰敗了，新視界影視真能撿便宜，果然現在講究粉絲經濟，老牌影視公司已經不行了。』

樂芭芭樂：『楚總自己上個節目，都快變成明星了，要李泰河有什麼用？李泰河這幾年吃掉公司多少資源，投資報酬率都比不過老闆親自下場。』

川川川川：『李泰河已經跟前公司順利解約，請各大媒體別再把兩者捆在一起報導，求辰星別這麼缺德！放過我家偶像吧？』

方塊酥：『楚總只能講脫口秀，不適合經營公司，據說她現在直接管理辰星，所以越做越差，就是個有錢的金融廢物。』

茶禮茶：『既然提到我家偶像，那就順勢推薦一下，歡迎關注電視劇《游離者》，感受演員李泰河的暴風成長（愛心.jpg）。』

最炫的風采：『《最夢聲》陳一帆就是辰星的，現在不是很紅嗎？在三個月內捧紅新人，已經很不簡單了，你們還想怎麼樣？辰星的資源夠好了，這都能無腦唱衰？』

楚總全球粉絲後援會：『老闆，快自己出來罵他，我們罵不過（doge.jpg）@楚楚。』

小白球：『哈哈哈，楚總的粉絲下場了，大家快準備好，都給我笑！』

旋風鏢：『恭喜某家粉絲完成日常黑楚，朕已閱，下一位。』

蓮藕：『求求辰星趕快垮臺，或者齊盛直接破產，到時候楚總是不是就沒錢悠閒，會發文跟我們互動（doge.jpg）@辰星影視@齊盛集團。』

太空航行：『每次李楚交鋒，都讓我懷疑誰是明星，日常黑楚，必上搜尋排行榜，這四億該不會不是違約金，而是行銷費吧？』

丹丹：『《游離者》定妝的貼文分享數勉強破千，帶上「楚總」二字後立刻衝上搜尋排行榜，你說，誰該放過誰？拜託李泰河別那麼缺德，不要捆綁我們的當紅明星。』

大喬小喬：『要不是李泰河賠了四億，辰星早就倒了（doge.jpg）。』

因為電視劇《胭脂骨》在籌備期相當低調，完全沒有釋出官方資料，便顯得李泰河和新視界的合作更有關注度。楚楚對於網路上的風風雨雨還不知情，她正投入在選角的工作中，跟夏笑笑和製作團隊一起決定主要演員。

男女主演肯定要是最有經驗的演員，但配角可以夾帶一些新人，在練習生中推出更多新演員。

辰星影視內，陳一帆坐在夏笑笑對面，他微微低頭，氣勢不足地說道：「笑笑姐，我可以不演戲嗎？」

夏笑笑聞言，不由相當驚訝：「為什麼？這是個很好的機會啊？」

陳一帆在《最夢聲》中的精彩表現吸粉無數，現在又是上升期，正需要累積作品。

夏笑笑看過《胭脂骨》的劇本，特意跟楚總商量，為陳一帆預留下討喜的男配角角色，想要幫助他更上一層樓。這種事情對新人來說，是夢寐以求的機會，陳一帆沒道理拒絕才對。

夏笑笑微微凝眉：「你是對酬勞不太滿意，還是有跟其他公司接觸……」

陳一帆當初欠下楚總百萬鉅款，最近的收入都直接拿來還債，實際拿到手的不多。夏笑笑誤以為他是心裡有想法，才會拒絕出演《胭脂骨》。

陳一帆趕忙擺手，解釋道：「不是的，我只是覺得一旦演戲，就很難回到舞臺了……」

陳一帆當然知道演戲可以賺得比較快，但他更喜歡在舞臺上唱跳，兩者的成就感對他來說是不一樣的。

夏笑笑沒料到陳一帆會有這樣的想法，她試圖勸說他，小心地提醒道：「但國內目前的音樂環境不太好……」

如今的明星要是不演戲，光搞音樂，實在很難養活自己。畢竟唱片市場慘澹，陳一帆簡直是選擇高難度的地獄模式，一頭鑽進死胡同。

陳一帆撓撓頭，開解道：「我相信努力肯定會有回報，音樂是很有趣的，笑笑姐最近不是也在學鋼琴嗎？」

「……」夏笑笑沒辦法解釋自己學鋼琴的原因，她見陳一帆如此堅定，無奈道，「你要跟楚總溝通一下這件事，畢竟我也沒辦法直接決定。」

陳一帆現在也是公司的上升期藝人，突然說不願意演戲，這不是件小事。

陳一帆心知自己的決定在外人聽來有些離譜，他沒了往日在舞臺上的桀驁不馴，老實地點頭：「我明白……」

夏笑笑爽快道：「那你現在跟我去一趟辦公室吧，楚總應該還沒走。」

電視劇《胭脂骨》籌備期的工作量不少，楚總經常在辰星影視忙到凌晨。

陳一帆大吃一驚：「現在嗎？」

夏笑笑看他大驚小怪的樣子，不由笑了笑：「是啊，怎麼了，楚總又不嚇人？」

陳一帆：「……」

陳一帆：可能只有妳覺得不嚇人，我上次才見楚總一面，就欠下了百萬鉅款。

他怯怯地問道：「跟楚總面談的時間，應該是不需要我付錢的吧？」

夏笑笑感受到陳一帆對楚總的誤解，哭笑不得道：「不用，這次算在我的帳上。」

陳一帆聞言後鬆了口氣，同時向夏笑笑投去欽佩的眼神。

夏笑笑帶著陳一帆敲響楚總辦公室的門。

夏笑笑進屋時，正好看到楚總將手機放下。她害怕打擾到老闆的正事，略顯遲疑道：「您在忙嗎？」

「沒有，只是在訂外送。」楚楚隨手將手機放到一邊。

夏笑笑看了時間一眼，如今已至深夜，不由面露疑惑：「怎麼這麼晚才叫外送？您是訂哪一家？」

「假笑男孩家。」楚楚信口胡言。

夏笑笑茫然地眨眨眼，她努力回憶一圈辰星影視周圍的店鋪，確實不記得有這家。楚楚沒有繼續解釋外送的事情，反倒看向進屋的兩人，詢問道：「有什麼事嗎？」

陳一帆見楚總的視線正面掃過來，一時手足無措。夏笑笑趕忙替他解釋：「楚總，一帆在未來的個人規劃上，有些小小的想法想跟您交流。」

「可以啊。」楚楚大方道，她對陳一帆印象深刻，畢竟他是曾經的「百萬練習生」。

陳一帆鼓起勇氣，向楚總闡述自己的想法，表達只想專注舞臺的打算。他一邊說，一邊小心地打量著老闆的臉色。楚總在聆聽的過程中只是點頭應聲，她既沒有說好，也沒有說不好，倒讓陳一帆更加沒把握。

楚總的神色過於風輕雲淡，外人實在沒辦法從中讀取到任何資訊。

陳一帆說完，見楚總沒有出聲，怯怯地問道：「您覺得呢？」

陳一帆希冀地注視著楚總，期盼自己的規劃可以得到老闆同意。

楚楚沉吟片刻，終於開口：「抱歉……」

陳一帆聞言，他的心猛地下墜，頓時有種不好的預感。

楚楚：「我太餓了，現在腦袋轉不了。你可以稍等片刻，我們等等再聊嗎？」

她實在餓到發慌，聽陳一帆說話就像在聽和尚念經，完全抓不到事情的重點。

陳一帆：「……」

怪不得從楚總的臉上讀不出任何資訊，原來根本就沒有資訊！

陳一帆趕忙道：「當然可以，您先用餐……」

夏笑笑積極地毛遂自薦，提議道：「我去附近幫您買飯吧？外送可能沒那麼快。」

楚楚擺擺手，婉拒道：「不用，這家不一樣。」

不久後，她就看到張總助提著水煮魚，風塵僕僕地抵達公司，沉著冷靜地幫楚總送外送。夏笑笑看著身穿休閒服、推門進屋的張總助，不由心生疑惑，有種時空錯亂感，好奇道：「總助，您怎麼來了？」

照理來說，現在已經是下班時間，張總助居然會突然出現在辰星影視，實在讓人覺得奇怪。

夏笑笑看到沒穿西裝的張總助更覺新奇，要知道總助平時對儀態和衣著的要求極高。如果祕書長王青在職場中是「學霸」標準，那總助張嘉年就是「學神」水準，他從未出現過任何瑕疵和疏忽，簡直跟機器人一樣精準。

機器人張嘉年現在卻穿著黑色帽T，絲毫沒有平日儒雅精英的樣子，倒有點像青澀的大學生。他的頭髮有些凌亂，像是被誰匆匆趕出門，手提打包好的便當盒，看起來非常居家。

張嘉年瞟她一眼，淡淡道：「送餐。」

夏笑笑：「？」

張嘉年徑直走向辦公桌，將手中的便當盒放到楚總面前，盡量心平氣和道：「請您用餐。」

楚楚歡快地揭開蓋子，便聞到水煮魚的鮮香。她看到透明如凝脂的魚肉浸泡在湯汁中，下面還藏著鮮嫩清脆的豆芽菜，不禁露出滿意的神色，讚嘆道：「太及時了，比我想得還要快！」

陳一帆在一旁暗中觀察，總覺得楚總的表情像極在拍攝外送APP的廣告，突然出現的張總助也可以被評為「最帥外送員」或「最高學歷外送員」。

張嘉年被老闆誇獎，臉上卻未浮現出喜色，他無奈地重申：「楚總，我說的隨叫隨到，是指您可以在危急的時刻打電話。」

張嘉年特意強調「危急時刻」，想要引起某人重視，兩者的理解明顯不同。她現在是無時無刻都打電話，顯然跟原意不符。他剛才接到電話的時候萬分茫然，老闆在大半夜叫他帶水煮魚過來，這叫危急時刻？

就算他是個狗腿子，也是有尊嚴的狗腿子……立刻馬不停蹄地趕來。

楚楚振振有辭：「我都快要餓死了，情況還不夠危急？民以食為天，這就是天塌地陷啊。」

張嘉年：「……」

他在內心安慰自己，只要楚總不打人，這些小事倒無所謂了。

楚楚望著美味的水煮魚和熱氣騰騰的白飯，注意力完全被食物吸引，她真心誠意地說道：「替我謝謝阿姨！」

張雅芳做的水煮魚實在是太好吃了，讓楚楚念念不忘。她當時只是讓張嘉年帶飯過來，本以為是外送，沒想到還有意外之喜。楚楚看到家用便當盒，便明白這肯定是家常菜，不是從外面買的，大概是張雅芳女士做的。

畢竟如此地道的水煮魚，是很難在外面的店鋪買到的。

「嗯……」張嘉年愣了一下，隨即遲疑道，「好的。」

他想了想，決定讓這個美妙的誤會延續下去，沒有說穿是自己做的。張雅芳女士的作息相當規律，他出門時，她早就睡著了，怎麼可能起來煮魚？如果他敢現在叫她起床做飯，大概會直接被拍在砧板上。

張嘉年頗有先見之明，他覺得如果讓楚總知道自己會煮魚，大概不是好事，而是新一輪受壓迫的開始，索性明智地選擇緘默。

屋內瀰漫的水煮魚香氣實在太誘人，除了外送員張嘉年以外，夏笑笑和陳一帆都控制不住地盯著楚總用餐。他們本來完全不餓，現在卻被這味道勾引得躍躍欲試，眼神發亮。

最可怕的是楚總胃口極好，她吃得津津有味，他們卻只能站在旁邊看，根本就是深夜受刑！

楚楚終於察覺到兩人的視線，有些不好意思道：「是不是太香了？」

夏笑笑和陳一帆老實地點頭，同時用明亮的眼神望著她，似乎希望她說點什麼。

楚楚客套道：「大家都別客氣……」

正當兩人以為楚總要邀請他們嘗嘗時，便聽到她豪爽道：「你們可以再多聞兩口香氣。」

夏笑笑、陳一帆：「……」

張嘉年：今天的楚總果然也很護食，小氣得令人髮指。

夏笑笑和陳一帆飽受摧殘，眼看著楚總用餐結束，終於可以談正事。張嘉年默默地收拾好便當盒，坐在角落裡瀏覽手機上的資訊，像往常一樣把自己融入背景。

陳一帆環顧屋內其他三人，只覺得自己身上的壓力排山倒海，他本來就沒什麼勇氣跟楚總商議此事。現在公司三巨頭齊聚辦公室，更讓陳一帆不知該如何開口。

「楚總，我是這樣想的……」

陳一帆硬著頭皮張嘴，再次複述完自己的想法，靜靜地等待楚總最終的審判。楚總面色嚴肅，似有所悟地點點頭，她緊繃的神情也使陳一帆屏氣凝神起來，心臟緊張地亂跳。

楚楚強撐著眼皮，最終卻還是敗下陣來，她用飽含遺憾的語氣道：「對不起……我吃飽後就有點想睡，還是聽不太進去……」

陳一帆：「……」

陳一帆覺得今天找楚總約談，是個錯誤的決定，深夜的老闆只想著吃飯，還用水煮魚迷亂他們的心魂！簡直喪心病狂！

楚楚對自己的狀態相當慚愧，但她忙碌一天又剛吃完飯，著實沒辦法馬上集中精力。她努力捕捉陳一帆的訊息，卻一次次失敗，消夜果然害人不淺。

一旁沉默的張嘉年見楚總昏昏欲睡，幾次嘗試喚醒精神，他乾脆幫她解圍，出聲道：「但你現在沒辦法保證音樂之路能走得順暢吧？或許你在嘗試演戲後，會有所改觀也說不定。」

陳一帆現在只想專注舞臺表演，是建立在他從未演過戲上。張嘉年覺得以陳一帆的年紀，貿然做出這種決定，連第一次的嘗試都沒有，就澈底放棄演戲，實在太過可惜。

陳一帆搖搖頭，堅定道：「不會的，我想要唱歌。」

張嘉年望著他執拗的眼神，沒有將內心的吐槽說出，生怕傷到孩子脆弱的心。

張嘉年：可是楚總連你說話都聽不進去，怎麼能聽得進你唱歌？

陳一帆想要全心投入音樂，當然勇氣可嘉，但雙方的立場不同，看問題的觀點自然不一樣。張嘉年心知在陳一帆的年紀，總有些年輕氣盛的理想，哪怕撞得頭破血流，也要闖一闖。但以公司的角度來看，藝人能帶來的投資報酬率更為重要，畢竟辰星影視也要靠盈利活下去。

張嘉年想了想，開口問道：「如果真的讓你投身音樂之路，你想怎麼規劃自己的未來？」

陳一帆愣了一下，下意識道：「我會好好訓練，給出更好的舞臺……」

張嘉年冷靜道：「假如你根本沒有機會登上舞臺呢？據我所知，現在國內適合你的音樂節目很少，你的演唱水準也不及專業歌手，唯一的亮點就是唱跳兼備，但現在幾乎沒有專為練習生打造的舞臺。」

國外的練習生制度更成熟，也有完善的訓練。國內目前除了挪用「練習生」的稱呼外，其他配套都較為落後。

陳一帆喏喏道：「我會在音樂上多加努力，早日成為專業歌手……」

張嘉年搖了搖頭，殘酷地說道：「當你跟人談判時，光說努力是沒有用的。對方想知道的是你用何種方式努力，什麼時候達成目標。」

「你目前的水準如何？用什麼訓練方式提升競爭力？怎麼保證自己的曝光率？每個階段的目標進度怎麼樣？能不能用音樂維持生活？」張嘉年猶如精準的機器人，不斷拋出問題。

陳一帆在其追問下手足無措，他不安地看向夏笑笑，投去求助的視線。

「如果你現在還沒想好這些，我不建議你放棄演戲。」張嘉年看他臉上露出搖擺不定的神色，不緊不慢地總結道。

夏笑笑聽著兩人的對話，臉上露出不贊同的神色，她小聲地開口：「總助……」

張嘉年看向夏笑笑，以為她要幫陳一帆說話，不料她放輕聲音，認真地提醒道：「楚總睡著了，我們出去聊吧。」

張嘉年：「……」

張嘉年側頭一看，果然見到大老闆靠在椅背上閉眼小憩，似乎已經陷入沉睡。她斜靠著椅背，頭偏向一邊，發出勻稱的呼吸聲，似乎睡得正香，對其他人的交談渾然不覺。

張嘉年：妳找我過來，然後在我面前表演睡覺？

張嘉年雖然內心腹誹，但還是盡忠職守地檢查冷氣溫度，隨手扯過辦公室的備用毛毯，小心翼翼地蓋在她身上。他看向陳一帆，輕聲道：「我們出去說。」

陳一帆沒想到自己的面談之旅如此坎坷，最終還更換了談論話題，別看張總助蓋毛毯的動作躡手躡腳，卻能對自己有理有據地開炮。

三人挪步到辦公室外，夏笑笑完全插不上嘴，眼睜睜看著張總助教育小孩。

張嘉年慢條斯理道：「我理解你的音樂夢，但更關鍵的是，我想看到你為此付出的努力和已有的成績。假如你只是暫時覺得自己擅長這方面的事，想以此逃避其他困難，盲目地選擇做歌手，我是不建議的。」

陳一帆怯怯地嘀咕：「但夢想不就是這樣嗎？總要奮不顧身地投入……」

「有的人生來就可以追逐夢想，但有的人需要先有資格，才能去追逐夢想。」張嘉年面無表情，殘忍地指出，「很可惜，你現在還是後者。」

不是每隻鳥天生就有可以翱翔藍天的翅膀，起碼現在的陳一帆羽毛未豐。

陳一帆還是年少輕狂的年紀，他有些不服氣，試圖進行辯駁：「我已經取得一些成績，也吸引了不少粉絲……」

「如果沒有節目的曝光，你能保證擁有如今的成績嗎？如果當初登上《最夢聲》的是其他練習生，你能堅信自己比他們強嗎？」張嘉年心平氣和地說道，「其實你應該知道，有很多人都很羨慕你。」

陳一帆啞口無言，頓時沒了氣勢。當初要不是楚總欽點，他或許還在練習室裡默默無聞，張總助所言並非假話。

「或許你會覺得我在為公司說話，用機會和道德捆綁你的夢想，但很多人並不是生來就是自由的。」張嘉年垂下眼，他似乎回憶起往事，意味深長道，「命運饋贈的禮物都是直接標價的，你曾經獲得什麼，就必然要為此付出代價。」

既然陳一帆比別人先一步得到資源，當然也要因此做出讓步。在張嘉年看來，百萬欠款更像是一場玩笑，不過是楚總的調侃之言。外人甚至願意倒貼百萬，獲得辰星影視的包裝和行銷，機會和資源怎麼可能用錢量化呢？

陳一帆欠下的是人情債，而人情和機會是最難償還的，張嘉年早有體會。

陳一帆沒料到張總助會如此坦誠，話裡話外還透露出一種莫名的共鳴感。他似懂非懂，望著對方如墨的眼神，於冥冥中捕捉到什麼，終於遲疑地開口：「那您現在……擁有追逐夢想的資格了嗎？」

張嘉年的目光猶如深潭，他沉默片刻，坦然道：「沒有。」

他欠下的債務遠比陳一帆還要多。

陳一帆的嘴唇動了動，卻不知道該說什麼。

張嘉年鎮定道：「當然，這只是我個人的看法，你可以等明天再跟楚總商量一下。不過我希望你在面談時，心中已有確切的答案，不要像今晚一樣，什麼都答不出來。」

陳一帆：「……好的。」

陳一帆覺得張總助恨不得在臉上寫下，「自己心裡有點數，別浪費老闆的時間」。

夏笑笑目睹了全程，見陳一帆稍微鬆口，不由面露欣慰。她試探道：「總助，那我去叫醒楚總？然後叫車？」

現在時間已晚，公司暫時沒有其他工作，倒不如送楚總回去休息。

「你們先走吧，現在已經很晚了。」張嘉年看了時間一眼，解釋道，「我是開車過來的，等楚總醒了，我會送她回去。」

「好的。」夏笑笑得到答案，立刻頗為信服地滿口答應，像是在職場上向學神取經的學渣。

陳一帆則心生疑惑：如果楚總一直沒醒，那該怎麼辦？

夏笑笑和陳一帆先行離開後，張嘉年悄悄地走回辦公室，便看到某人已經縮進毛毯裡酣睡，猶如蜷縮的貓。她安靜下來後，臉上沒有平日說話時懶洋洋的神色，看起來倒是乖巧多了。

張嘉年心知楚總最近睡眠過少，就沒有馬上打擾，索性讓她先休息一會兒。在籌備《胭脂骨》的期間，楚總都是上午在銀達投資辦公，中午或下午轉移到辰星影視處理事務，兩邊都沒有放下，一弄就弄到深夜。

如果要討論劇情，眾人弄到凌晨三四點也是家常便飯，這就是做專案的狀態。

張嘉年百無聊賴地坐在一邊，默默盯著她的睡臉，等待楚總睡醒的時候。他看到旁邊的手機螢幕突然亮起，便發現「Alan」又傳來幾則訊息。

張嘉年想要吐槽：這些大老闆都不愛睡覺，夜夜修仙嗎？

張嘉年隨手解鎖螢幕，便看到對方的前幾則訊息。

Alan：『上次跟你說的事情，你考慮得怎麼樣？』

Alan：『這是我們在校時共同的理想，我真心希望你能加盟。』

這兩則訊息是張嘉年送外送前收到的，他並沒有回覆。南彥東有些沉不住氣，便接連傳了幾則。

Alan：『我知道你感恩於楚叔叔的幫助，但你多年來為齊盛的付出，已經足以報答這份恩情，他不會怪你的。如果你覺得不適合，我願意出面跟楚叔叔溝通，相信他也會理解。』

張嘉年仍然沒有回覆，那時候他正在跟陳一帆談話，並未注意到手機。南彥東大概覺得張嘉年在逃避問題，索性打開天窗說亮話，又傳來新的訊息。

Alan：『嘉年，我覺得你有必要搞清楚，你感恩的對象是楚叔叔，而不是她。如果你想要報恩，或許更應該待在齊盛，而不是銀達。』

Alan：『假如你改變主意，或者想要跟我溝通任何想法，可以隨時聯絡我。』

張嘉年望著新訊息，不禁陷入沉思，他其實比誰都更清楚自己的處境。

畢竟他們天生就是幸運兒，而自己卻不太一樣。

「我睡了多久？」楚楚睡眼惺忪地揉著眼睛，沒想到自己會睡得這麼沉，她坐直身子問道。

張嘉年猛地聽到她的聲音，不知為何有些心驚膽跳。他做賊心虛地遮住手機，正色道：「您睡了不到一小時。」

楚楚無言地注視著他，張嘉年強裝鎮定，提議道：「我現在送您回去？」

「你是不是有什麼事情瞞著我？」楚楚睡醒後的思緒格外清晰，她似乎在他波瀾不驚的臉上找出一絲蹊蹺，狐疑地瞇起眼。

張嘉年心想，果然古今中外的君主都多疑且敏銳，第六感簡直是她的天賦技能。

他佯裝不懂，溫和道：「您在說什麼？」

楚楚從椅子上站起身，隨手將毛毯搭在一邊，露出滿分的假笑：「我可以看看你的手機嗎？」

張嘉年無力地掙扎：「……我可以拒絕您嗎？」

楚楚挑眉，無聲地注視著他。

強大的求生欲迫使張嘉年遞出手機，他恭敬道：「請您過目。」

張嘉年遞完手機，便想成為不起眼的背景，不敢承受接下來的狂風暴雨。

楚楚一目十行地看完，隨即嗤笑道：「呵，醫院的 Wi-fi 真好，都能一次傳五六則訊息。」

楚楚是被奇怪的聲音吵醒的，她睡得正香，耳邊卻突然響起任務提示音。

〔請透過任務加強「霸道總裁」光環，光環消失將被主世界抹殺。〕

〔任務：打擊擁有「溫柔男配角」光環的人物一次。〕

楚楚茫然地醒來，便看到張嘉年坐在不遠處，除此之外再無旁人。南彥東又不在辦公室，她環顧一圈，立刻就猜到事件的源頭。

張嘉年嗅到風雨欲來的氣息，他本著「坦白從寬，抗拒從嚴」的精神，直接交出手機。

楚楚看完南彥東的訊息後，直盯著手機螢幕，客氣地詢問：「我可以用你的手機傳一則訊息嗎？」

張嘉年硬著頭皮道：「……您高興就好。」

張嘉年：現在活下來最重要，南總對不起！

張嘉年本以為楚總會怒斥南彥東，或者直接把對方封鎖，沒想到她居然按下語音鍵，傳送一則語音訊息。楚楚沒有大發雷霆，她對著手機的麥克風，語氣頗為輕鬆道：「他睡了。」

張嘉年：「……」

張嘉年：為什麼突然有種清譽和名聲不保的感覺？

張嘉年小心翼翼地問道：「……您不覺得自己說的話不太對勁嗎？」

楚楚毫無愧疚地眨眨眼：「我撒謊了，對不起？」

張嘉年：很好，不愧是楚氏劃重點大法，每次都成功避開考試內容。

另一邊，南彥東看到手機跳出訊息提示，居然是一則三秒的語音訊息。他疑惑地點開，便聽到那頭傳來清晰而冷靜的女聲：『他睡了。』

南彥東：「？」

南彥東：為什麼是她的聲音？他們怎麼三更半夜還在一起？

南彥東感到一陣痛心疾首，難以置信地盯著手機螢幕，竟然沒有勇氣再傳訊息。

張嘉年居然因為金錢而墮落，澈底走上一條不歸路！

〔恭喜您完成任務，「霸道總裁」光環已加強。〕

楚楚聽到奇怪的聲音，明白打擊南彥東的任務已經完成。她禮貌地將手機遞給張嘉年，乖巧道：「還給你，謝謝。」

張嘉年只想無力地扶額，但他還是下意識道：「不客氣。」

他暗中打量楚總的神色，生怕對方還留了一手，畢竟以她小心眼的程度，這種事就跟通敵叛國同等性質。楚總連楚董都忍不了，怎麼可能忍得了南總？

張嘉年本以為楚總會馬上發作，沒想到她反而好奇地問道：「你的理想是什麼？」

楚楚讀完訊息，才知道張嘉年和南彥東曾有過共同的理想。

張嘉年愣了一下，一時不曉得該如何作答，他遲疑片刻，最終沉聲道：「……其實過了那個年紀，就沒什麼理想了。」

在他走出象牙塔時，就已經把熱血沸騰的想法拋到腦後，開始坦然接受自己的平凡和不足。

楚楚有點訝異，開口道：「怎麼會？這跟年紀有什麼關係？」

張嘉年反問道：「那您的理想是什麼？賺四百億？將銀達打造成跨國公司？」

楚楚搖搖頭：「那是楚總的理想，不是我的理想。」

張嘉年心生疑惑，剛想說她不就是楚總，卻突然想起某人曾說自己是異界修士。

楚楚瞟他一眼，淡淡道：「我的理想比這個更有挑戰性。」

張嘉年：「？」

楚楚振振有辭，大義凜然道：「我想做一條連身子都不用翻的鹹魚。」

張嘉年在心中吐槽：這理想果然頗有志氣、極具挑戰，令人甘拜下風！

張嘉年想起她原本還吵著要環遊世界，要不是有董事長的百億約定，現在大概已經繞地球一圈了。

楚楚低頭在紙上寫著什麼，她沒有大發脾氣，而是插科打諢一通，倒讓張嘉年放下心來，鬆了口氣。楚楚似乎有讀心術，抬頭看他一眼，笑道：「你是不是在好奇，我怎麼沒發脾氣？」

張嘉年的心頓時提了起來，他佯裝鎮定，溫和地否認：「當然沒有，您脾氣一向很好。」「張總助因為個人能力出眾，被其他公司的老闆挖角，又不是什麼值得生氣的事。」楚楚聽到他違背良心的說詞，頗感有趣地調侃。

張嘉年被她的話弄得心情忽上忽下，在腦海中拚命搜索自救的方法。他努力保住自己，立表忠心道：「相比新視界，我當然對您和銀達更有信心。」

楚楚點點頭：「嗯，畢竟你還要在銀達向老楚報恩？」

「……」張嘉年覺得自己陷入絕境，前後都是死路。

楚楚不顧他糾結的神色，她寫完紙條，便自然地遞給他，風輕雲淡道：「送給你。」

「這是什麼？」張嘉年疑惑地看著紙上的數字，不明白楚總的意思。

「提款卡密碼，至於其他資產，我要回去清點一下再給你。」楚楚眨眨眼，輕飄飄地丟下震撼彈，嚇得他不可置信地抬頭。楚楚卻不覺得自己的發言有多勁爆，反而從包包中摸出幾張信用卡，她將卡片放在桌上，推向張嘉年。

楚楚想了想，她也不知道女配角原身有多少錢，這大概還得問問老楚或其他人。

張嘉年看到這一幕，感到有些窒息，完全不明白老闆的套路。

「我不明白您的意思……」張嘉年澈底傻住了，他看著楚總認真的神情，往日高速運轉的大腦直接當機。

她的眼睛在燈光下熠熠生輝、盈滿笑意，仍然是往常開玩笑的語氣：「我沒有什麼理想，也不用你報恩，不過是有點臭錢的紈褲子弟而已，索性就把現有最值錢的東西給你。」

她看完南彥東的訊息，才發覺自己對張嘉年一無所知。他本來是能夠遠飛的雄鷹，卻被現實捆住翅膀，在籠中自欺欺人、日漸消沉。她既然可以給夏笑笑機會，也同樣能給張嘉年機會。

如今她幫他鬆綁，讓他再也不用償還任何人的恩情，也可以隨心所欲。

「……您知道自己在做什麼嗎？」張嘉年手足無措地站在原地，大腦幾乎一片空白。他沒料到她會如此大膽，打算將自己所有的財產拱手相讓。

楚楚點點頭，她思索片刻，輕鬆道：「我不知道上天安排我來此的意義，不過你是第一個發現我的人，我們應該算是朋友了？」

說到底，她對書中的世界沒什麼認同感，更像在面對一場盛大而逼真的遊戲。

張嘉年是她在這個世界為數不多的朋友，跟好朋友分享遊戲幣也沒什麼問題吧？

楚楚捫心自問，她在現實世界中的能力或許遠不及張嘉年。她唯一比他強的地方，大概就是在書中多了光環而已。這是小說世界最殘酷的法則，不管你有多強，在面對書中的主要人物時，還是要讓步。

他不遜色於任何人，卻因為頂著「路人甲」光環，便註定沒有姓名。

楚楚也是人，她同樣有私心，索性伸手扶自己的朋友一把。

「你之前說過，我們不是同一個世界的人，命運確實不公，可既然我來了，就送你一個公平。」

張嘉年沒想到她還記得自己的隨口之言，一時內心五味雜陳。他受不了她用隨便的語調說出這種話，聽上去更為扎心，給人雙重暴擊。

楚楚比他自然得多，反倒笑著規勸道：「別去幫南彥東工作啦，你又不比他差。其實你可以什麼都不用考慮，去做你想做的任何事情。」

楚楚真心覺得，如果張嘉年擁有他們的出身，肯定能做得更好。

張嘉年如遭雷擊，他心情頗為複雜：「您是第一個對我說這些話的人。」

他完全沒料到，能在有生之年聽到這句話，而且還是來自最意料之外的人。

從來沒人告訴他可以自由地去做任何事，小時候，眾人鼓勵他要努力讀書、孝順母親；長大後，眾人規勸他要懂得感恩、報答楚董。既然他獲得別人的幫助，跨過原本的階層，就要為此付出，哪怕傾盡全力。

他不能像他們那樣活得太過輕鬆，也早已接受自己是個普通人的事實。

張嘉年的心臟狂跳不止，多年的心結最後融化於她閒散輕鬆的話語中，又化為一絲落寞和苦澀。

他垂下眼，眼眸宛如一汪深潭，小聲地問道，「您不需要我了嗎？」

楚楚微微一愣，沒想他會說出這種話。

「需要。」楚楚想到繁雜的事務，便有些心虛地撓撓臉，又補充道，「但我不希望你被別的因素強留下來。」

「雖然我想跟你一起實現我的理想，但那不一定是你的理想。」楚楚坦然道。

張嘉年陷入沉默。

楚楚看到他表情如此緊繃，哭笑不得地寬慰：「不要露出這副表情嘛，一夜致富難道不開心嗎？」

楚楚剛穿書拿到鉅款時，可是欣喜若狂，張嘉年卻如此淡定嚴肅，果然是她太庸俗？

張嘉年的眸子像是漂亮的墨玉，其中有微光閃爍。他將手中的密碼紙條疊好，推還給楚楚，輕輕地說道：「您的理想就是我的理想。」

既然他現在不再有理想，倒不如留下來實現她的理想。

楚楚沒想到他會退還紙條，她思索一番，猶豫道：「一起當鹹魚？」

張嘉年：「……」

楚楚見他不言，又補充道：「你要是覺得不夠勵志，可以做翻身的那條。」

張嘉年：「……」

張嘉年：騙子，快把我的感動還給我。

任何深沉的情緒在楚總面前都無法過夜，張嘉年滿腹的感動瞬間煙消雲散。他的視線飄向別處，想要掩蓋自己內心的小小悸動，出聲提議：「時間不早了，我送您回去吧。」

楚楚看他恢復平時的冷靜神色，不由湊上前觀察，躍躍欲試道：「你的眼眶是不是紅了？」

如果她沒看錯，他的眼中隱約有閃閃波光，只是轉瞬即逝。

張嘉年別開臉，迴避她的視線，搪塞道：「沒有，是您熬夜太累，有點眼花。」

「不可能……」楚楚見他低著頭躲來躲去，極度抗拒她靠近，不滿道，「我可是你的老闆，讓我看看不行嗎？」

張嘉年提出抗議：「……現在是下班時間。」

潛臺詞是，下班時間老闆不能擺架子，他們之間是平等的。

楚楚義正辭嚴：「我們公司沒有在分上下班。」

張嘉年：「……」

張嘉年：剛剛還說要歸還自由，現在又故態復萌，真是服了妳！

第二章　十八連擊傳說

辰星影視內，熬夜加班的眾人突然看到辦公室內竄出兩個人影，像一陣旋風般朝著電梯衝去。其中一人邊追邊喊，頗有在公眾場合大叫的屁孩姿態：「躲，你繼續躲，別讓我追上！」

低頭做事的員工聽到聲音，不滿地抱怨：「誰啊？明明熬夜加班，精力還那麼旺盛，不怕被老闆看見嗎？」

楚總最近常來辰星影視辦公，其他人自然小心謹慎，每日如履薄冰，生怕觸及老闆霉頭。

旁邊人怯怯道：「我怎麼覺得剛才跑過去的人，就是楚總和張總助……」

員工：「？」

因為兩人你追我跑的速度太快，眾人竟也不知道是不是看錯了，畢竟晚上燈光昏暗，加班又常常讓人神志不清。

楚楚最終還是沒看到張嘉年失態的樣子，她居然跑輸了！

張嘉年穿著休閒鞋，她穿著帶跟的鞋子，最後由於裝備劣勢而敗北。

當楚楚坐上車時，張嘉年已經恢復成營業狀態，臉上完全看不出任何端倪。

楚楚因為輸給他，頗為不滿：「嘖。」

張嘉年逃過一劫，心平氣和道：「楚總，請您繫好安全帶。」

楚楚仍對賽跑敗北耿耿於懷，嘀咕道：「不想繫。」

她本來就不習慣繫安全帶，而且也不是太遠的車程。

張嘉年語重心長道：「您會違反道路交通法。」

楚楚瞥他一眼，試探道：「我幫你繳罰款，先儲值兩千？」

張嘉年回應她：「您居然知法犯法？」

楚楚信口開河：「我的雙臂舉不起來，請你尊重身障者。」

張嘉年：「……」

張嘉年：不就是繫個安全帶，怎麼還幫自己加這麼多戲？

張嘉年面露無奈，探身去扯楚楚身邊的安全帶。她下意識地後退，警惕道：「你要做什麼？」

他拉過安全帶，從她身前繞過，妥帖地幫她扣好。他露出營業式微笑，無懈可擊道：「關愛身障者。」

另一邊，陳一帆回家思考許久，想到跟張總助的夜談，心裡產生一絲動搖，覺得自己確實太過莽撞天真。他根本答不出張總助的問題，又有什麼臉再找楚總面談？雖然他想要成為唱跳歌手，卻找不出一條保險的路。

陳一帆重新審視和質問自己：他究竟是真的想全心投入音樂產業，還是僅僅不想演戲，怕自己被拿去跟李泰河做比較？

雖然陳一帆的人氣在這段時間快速上升，吸引了大量粉絲，但在網路上還是少不了酸言酸語，更有不少酸民將他和李泰河放在一起品頭論足。陰謀論者還不斷拋出潛規則謠言，認為陳一帆和李泰河一樣，靠女人起家，以色侍人。

李泰河的粉絲更不會放過他，簡直是抓著他圍攻，在各大平臺上掀起罵戰。

陳一帆年輕氣盛，自然受不了無禮的謾罵和捕風捉影的汙衊。他覺得要是真的去演戲，這種勢態只會愈演愈烈，外人還會將自己和李泰河的演技做比較，所以才會下意識地抗拒。

張總助的話讓他有所警醒，他驟然爆紅後，竟然忘了練習室裡還有羨慕自己的人。他現在獲得的一切，不過是源自楚總當初的戲言，只能代表公司資源強，卻證明不了他的實力。他最近的確太過得意忘形了，需要及時調整，更好地提升自己。

陳一帆想通後，整個人的心態也平穩了。他主動找到夏笑笑，誠懇道：「笑笑姐，謝謝妳幫我爭取到角色，我會好好演的。」

夏笑笑見陳一帆醒悟，頓時放下心來，為他加油打氣：「我相信你一定能演好霖澗！」

霖澗是陳一帆在《胭脂骨》中飾演的角色，是個討喜的男二。

隨著《胭脂骨》籌備工作不斷地推進，電視劇的演員陣容也終於敲定。這是一齣古裝玄幻故事，女主角離魅是個傾國傾城、絕色佳人的魔；男主角塵煙則是心懷天下、冷若冰霜的仙。兩人由於陣營對立，又不斷熟知，發生纏綿悱惻的愛情故事。

楚楚不想說破，雖然故事很好看，但主角的名字有點古早，透著一種年代感。

醉千憂搓著手，期待地問道：「楚總，我今天跟劇組的老師們吃完飯後，是不是就可以回家了？」

鬼知道醉千憂有多想回家，她一直被關在飯店裡創作，簡直暗無天日。她覺得自己可以根據最近的經歷，寫一篇女主角被困在高塔的囚禁文。這段日子裡，她深刻體會到「霸總強制愛」的橋段，完全思如泉湧。

楚楚提醒道：「妳不是一直想見尹延嗎？」

尹延就是選定的電視劇男主角，飾演塵煙一角。他的演技不錯，戲路很廣，劍眉星目，面如冠玉，人氣完全不比李泰河差，也是能打的當紅明星。

醉千憂興奮地捂臉：「今天就能見到嗎？我在寫劇本的時候，完全在腦補他的臉。」

今日，劇組的主要團隊會在餐廳內聚餐見面，不光是有導演和編劇，還有重要演員，尹延自然也會出席。

醉千憂悶頭狂寫了好長一段時間，都沒見過主演，今天還是頭一次。

楚楚倒沒有醉千憂興奮，主要是她不了解書中的演員和明星，對尹延的認識僅建立於文字和影像資料。雖然在試戲的時候，兩人簡單打過招呼，卻沒有深入交流，更多是由導演彭麒出面。

沒過多久，夏笑笑便帶著陳一帆抵達餐廳。夏笑笑是資歷尚淺的專案負責人，陳一帆是公司的主打新人，此次聚會可以說是為了讓他們兩個露臉而舉辦的。楚楚要先把兩人介紹給其他主要的專案負責人，才好安排他們後續的工作。

陳一帆看到楚總，下意識感到害怕，唯恐再欠下百萬鉅款。夏笑笑的神色則自然得多，好奇地感慨：「楚總，您來得好早。」

楚楚淡淡道：「因為要帶你們認識其他人，我總得提早做準備。」

導演彭麒進屋時，發現楚楚在場，頗為不好意思：「楚總，路上塞車了，實在抱歉，讓您等了半天……」

「沒有，是我早到了。」楚楚輕鬆地笑笑，「今天是我邀請大家來聚聚的，總不能讓彭導等候。」

屋裡有外人，楚楚立刻切換到營業模式，言簡意賅道：「彭導，跟您介紹一下，這是陳一帆，在劇中扮演霖澗。」

陳一帆趕忙道：「彭導好。」

楚楚滿意地點頭，又介紹夏笑笑：「這是夏笑笑，基本上劇組後續執行的工作，都由她負責。她資歷尚淺，還要跟彭導多學習，麻煩您在劇組裡多照顧了。」

彭導熱情道：「您客氣了，好說好說……」

陳一帆品味一番楚總的介紹措辭，深感公司重女輕男，誰是親女兒高下立判。楚總介紹他用了十二個字，介紹笑笑姐卻用了四十六個字。

陳一帆倒沒有怨言，還覺得很合理，畢竟楚總分分鐘百萬上下，顯然夏笑笑的氪金程度遠超過自己，介紹詞當然會更長。

其他人也陸陸續續趕到，尹延壓軸出場，身後還跟著經紀人，他一進到包廂內，醉千憂的雙眼立刻發亮。尹延禮貌地跟周圍的人打過招呼，便笑了笑：「抱歉，稍微晚了一點……」

尹延今日的穿著風格走雅痞路線，倒跟角色塵煙的畫風不太一樣。

「來來來，尹延往裡面坐！」眾人早就幫重要人物留出上座，楚總、主演和導演肯定不能當邊緣角色。

彭導本來和楚楚坐在一起，他見尹延過來，乾脆地讓出座位：「你來坐這裡吧……」

「我可不敢得罪導演，不然進到劇組就遭殃啦。」尹延幽默風趣地婉拒，直接坐到楚楚旁邊的位置，無心地碰到她的腿。他入座的動作流暢自然，周圍的人都沒發現異狀，只有楚楚察覺到他有意無意地貼近自己。

楚楚的兩側突然被堵住，略感不適地動了動身子，避開尹延若有若無的觸碰。她現在右邊是彭導，左邊是尹延，一時沒有退路。座位基本按照眾人的地位去排，夏笑笑、陳一帆和醉千憂自然不能坐在楚楚的身邊，也沒辦法解救她。

楚楚莫名覺得尹延離自己太近，以致於能看清對方面部動過刀的細微痕跡，便不動聲色地稍微拉開距離。

平心而論，尹延整得滿成功的，帥得出奇，基本上看不出瑕疵，不過還是難逃楚楚的火眼金睛。

尹延似乎毫無察覺，反而主動搭話。他用盛滿光亮的眸子，專注地看向她，感慨道：「楚總，好久不見……」

楚楚在心中暗想，尹延大概是用了小直徑隱眼，不然眼睛應該達不到如此效果。

楚楚望著杯中的綠茶，面對胡亂放電的尹延，覺得分外應景。她頭一次切身體會到自己有錢發達了，在這個圈子工作多年，終於有明星上門敲詐？

楚楚提醒道：「上週才見過。」

尹延一愣，隨即打趣：「那我算是一日不見，如隔三秋？」

尹延被楚總吐槽了一句，不僅沒有生氣，還露出相當有感染力的笑容，一時刷新屋內不少人的好感度，起碼醉千憂已經臨陣倒戈了。

楚楚望著他的笑臉，平靜地指出：「你卡粉了。」

尹延：「……」

尹延縱橫多年，收割不少女孩的芳心，萬萬沒想到還會碰到這種情況。

卡粉是由於粉底不佳或皮膚乾燥，導致擦完粉底的面部出現浮粉、裂痕的情況。其尷尬程度不比「沒洗瀏海被人看穿」和「褲襠拉鍊沒拉上被人發現」還要低。

尹延大概是在路上有些倉皇，擦的粉底不夠服帖，才會像戴著一張面具一樣。

陳一帆眼見楚總暴擊尹延，下意識摸了摸自己的臉，才想起今天沒化妝。雖然藝人化妝是工作需求，但被人當面拆穿，殺傷力實在過強。

尹延的笑意尷尬地凝結在臉上，他反應很快，索性丟掉偶像包袱，哈哈笑道：「是嗎？路上有點急，所以沒有注意到。」

尹延：別生氣，別生氣，她是楚彥印的女兒。

彭麒出面解圍，緩和氣氛：「看來他非常重視我們，出來還捯飭了一番？」

「最近工作太多，狀態不好，所以就想讓自己看起來更有精神。」尹延道行不淺，他迅速化解自己窘迫的處境，無奈笑道，「沒想到還是被楚總的火眼金睛看穿了。」

既然他本人都表現出了毫不在意的樣子，在座其他人自然也只會將此事當作趣聞而已。

尹延一邊說，一邊偷偷打量楚總的神色，發現對方正風輕雲淡地喝著茶，連個眼神都沒給他。就事論事，雖然她性格乖戾，又有醜聞前科，但長相和家世確實好得沒話說。尹延本來是遍地撒網式地隨便撩人，沒想到在楚總這裡卻踢到鐵板，反而升起好勝心。不過由於眾人還在用餐，氣氛較為正式，尹延一時也不敢再做出什麼舉動，生怕又讓她說出扎心之話。

高級包廂的空間很大，甚至還有KTV功能。飯後，大家移動到沙發上，正好藉此機會破冰，拉近彼此的距離。

陳一帆作為新人，自然得率先熱場，獻上頗有力量感的激烈舞蹈，引起陣陣叫好。夏笑笑則在和前輩們交流，畢竟她進劇組後都要打交道。

燈光昏暗下來，眾人三三兩兩地聚在一起玩鬧交談。楚楚跟導演彭麒結束交流後，就躲到角落裡傳訊息，處理公司的事務。光界娛樂的新遊戲《縹緲山居》就要上線，跟銀達也有些關聯。

尹延不經意一看，發現楚總正窩在暗處，表情嚴肅地盯著手機螢幕。他覺得這是個好時機，乾脆悄悄地挪過去。

楚楚放下手機後，尹延這才不緊不慢地發問：「楚總是不是遇到了什麼煩心事？不如說給我聽聽？」

楚楚見他又湊上來，不由好奇道：「說給你聽，你就能解決嗎？」

尹延笑笑：「既然我們是朋友，說不定可以喔？」

尹延偷偷地拉近兩人的距離，他見楚總沒露出反感的神色，心中不免略感得意。溫水煮青蛙，只要她不排斥，一切都好說。

楚楚坦言道：「我需要四百億，正煩惱該從哪個管道賺錢。我聽你的經紀人說，你最近也想搞投資，不如投給銀達試試？」

尹延：請妳維持一下人設，老闆居然還跟演員要錢，這像話嗎？

尹延半開玩笑地岔開話題：「您怎麼會缺錢，真愛開玩笑。楚總想唱什麼歌，我幫您點？」

楚楚搖搖頭：「我不會唱歌。」

尹延沒有強求，反倒提議道：「那楚總幫我點一首？我有選擇障礙，實在挑不出來。」

楚楚點點頭，她沒有拒絕，走到點歌機旁邊。

尹延認為楚楚點的歌，必定跟她的興趣和喜好相關，也對自己的歌單儲存量很有信心，下定決心要一展歌喉。他握著麥克風，虛偽地謙遜兩句：「您可別幫我點太難的。」

楚楚：「沒有，很簡單。」

尹延聽她說簡單，就以為是流行歌曲，便放下心來。他轉頭看清螢幕，正打算大展才華，才發現她點了〈兩隻老虎〉。

「兩隻老虎，兩隻老虎，跑得快，跑得快……」

尹延：「……」

眾人茫然而震驚地盯著手握麥克風的尹延。

尹延的嘴唇顫了顫，最終還是沒唱出口，艱難地選擇切歌。

他不是傻子，這才確信楚總有意跟自己過不去。

楚楚其實知道尹延的心態，對方大概就是喜歡獵豔、撩人的類型。他本人從事的工作還不錯，又不太缺錢，沒必要潛規則她，應該只是愛找樂子。她也反思自己，誰叫她在網路上有無數潛規則包養論，才會讓尹延誤以為雙方是一路人。

尹延屢次受挫，一時不敢上前，變得老實起來，轉頭跟彭導交流。

陳一帆和夏笑笑忙著營業，八卦群眾醉千憂卻看出一絲端倪，簡直要為楚總的做法拍案叫絕。屋內燈光昏暗曖昧，幫人點歌明明是讓感情升溫的不二法門，卻被可愛活潑的小老虎直接沖散。

醉千憂悄悄地跑到楚楚身邊，八卦道：「您是不是被撩了？」

楚楚瞟她一眼：「妳不是他的粉絲嗎？」

醉千憂義正辭嚴：「我是顏控，只看臉，不看人。」

楚楚殘忍道：「整的。」

醉千憂頗富哲理：「但粉絲還是喜歡。」

醉千憂見楚總不吭聲，便躍躍欲試地打探起消息，如同稱職的狗仔，積極追問：「那您跟李泰河是真的嗎？您到底喜歡哪種類型的男生？陳一帆那種的？」

楚楚：「我喜歡妳這種的，尤其是被關在飯店裡工作的時候。」

「……」醉千憂立刻噤聲，不敢再多嘴。

劇組首次的小型聚會順利地落下帷幕，尹延也搞不清楚楚總究竟是假清高，還是態度向來如此犀利。他顧忌形象，也不敢表現得太過火，決定之後再繼續觀察。

另一邊，光界娛樂則遇到一些麻煩，楚楚參加完劇組的聚餐，便馬不停蹄地回到公司，向張嘉年了解詳細情況。她詢問道：「梁禪那邊怎麼說？」

「相似度確實非常高，甚至有很多元素都撞上了。」張嘉年早就了解完情況，耐心地答道，「現在光界娛樂內部在商量對策，考慮要不要按時上線……」

《縹緲山居》是光界娛樂重點研發的遊戲，當初在融資時還特意播放宣傳影片給楚楚看，並讓她進行試玩。如今，市面上卻橫空出現一款名叫《涼山州》的遊戲，跟《縹緲山居》的相似度極高。

如果單純是細節上相似還不奇怪，但從策劃內容到原畫風格幾乎都一樣，甚至比《縹緲山居》搶先一步上線，不免讓人起疑。這代表不可能是巧合，有人從很早以前就知道《縹緲山居》的內容，而且在暗中研發《涼山州》。

遊戲公司間的抄襲和競爭其實跟楚楚關係不大，問題是她曾經答應過梁禪，要用第一則社群貼文幫他帶動新遊戲。現在《縹緲山居》遭遇這種情況，如果她貿然推薦，情況似乎會更複雜。

《縹緲山居》作為光界娛樂的重點專案，要是盈利不佳，甚至會影響到整個公司的狀況。既然銀達投資了光界娛樂，自然不能看著投入的資金打水漂。

楚楚內心有點矛盾，她覺得現在打廣告起不了太大的作用，還有可能讓競爭者的產品更受歡迎，但口頭協定在前，背信棄義同樣不可取。光界娛樂剛出事，她就棄船而逃，未免太不仗義。

張嘉年想了想，建議道：「您當初只說要幫光界推廣新遊戲，但不一定要推《縹緲山居》吧？《贏戰》是我們投資研發的遊戲，照理來說推它更合理，相信梁禪也不會拒絕。」

張嘉年給出這樣的建議，主要是為了緩解楚總想背信棄義、不打廣告的愧疚感。實際上，他覺得梁禪最近沒膽子聯絡楚總，畢竟《縹緲山居》鬧出這種事，作為股東的銀達完全有資格介入問責。

如果影響太過惡劣，雙方甚至可以解除合作，在商業界裡類似的案例比比皆是。

楚楚聽完這話，不免詫異：「《贏戰》研發出來了嗎？它現在可以上線？」

「最近正在進行封測……」張嘉年彙報道。

楚楚聞言瞪大雙眼，怒不可遏道：「豈有此理！」

張嘉年面露不解，不知道她的怒氣從何而來。

楚楚憤怒道：「我都投資了，封測居然不帶我？」

楚楚：投資遊戲公司還沒遊戲玩，天理難容！

張嘉年心想她的關注點真是獨特，哭笑不得道：「您現在有時間玩遊戲嗎？」

楚總最近忙於工作，每天都在處理《胭脂骨》的事情，哪有空玩遊戲？

楚楚瞟他一眼，小心翼翼地說道：「如果你的工作時間再長一點，我就有空了。」

按照楚氏定律，張嘉年的工作時間和楚楚的娛樂時間成正比，只要他的工作時間增加，她的娛樂時間也會增加，原因是她的工作量減輕了。

張嘉年：「……」

如意算盤也打得太好了？居然透過壓榨員工來獲取休閒時間！

光界娛樂考慮到公司營利，最終還是下定決心上線《縹緲山居》，但遊戲宣傳片才剛釋出，便遭到不少玩家的風言風語，質疑其跟《涼山州》高度相似。

AERD：『這跟《涼山州》也太像了吧？』

小石子：『看《涼山州》的下載量不錯，就因為忌妒所以抄襲？連原畫都像，真是太誇張了（問號.jpg）。』

藤蔓蛇：『《縹緲山居》比《涼山州》還要早出現好嗎？官方的社群帳號都預熱一年多了，誰抄誰還不一定呢。』

小苗：『宣傳預熱能看出什麼，我只知道《涼山州》比《縹緲山居》早上線，遊戲模式總是《涼山州》先公布的吧？』

舞蹈小精靈：『愛果網路做《涼山州》，光界娛樂做《縹緲山居》，這是要正面交鋒？』

燈盞：『我真的看膩這種遊戲畫風了，光界怎麼也開始做女性向手遊，有夠煩。』

《縹緲山居》作為公司近期的重點專案，首日上線的反響普通，下載量也遜於《涼山州》，遠不及梁禪的預期。這次的失利相當打擊遊戲團隊的熱情，如果《縹緲山居》後續的下載量依然不好，可能會影響到光界娛樂接下來的融資和發展。

光界娛樂內，梁禪接到楚總要來的消息，頓時憂心忡忡，以為對方是來興師問罪。他現在根本不敢提及在社群網站上打廣告的事情，由於兩家公司的遊戲太過相似，在網路上鬧得天翻地覆。最麻煩的是，光界娛樂目前是有理說不清，《縹緲山居》研發在前，《涼山州》上線在前，兩方各有道理。

銀達是光界娛樂的股東，現在光界發生如此重大的戰略失誤，拳頭產品深陷抄襲風波，楚總等人完全可以找梁禪及相關人員的麻煩。

梁禪：別說打廣告了，就怕現在公司收益不好，楚總直接打人。

畢竟楚總當初公開威脅過，如果《贏戰》賠本就砍人，要是光界娛樂整間公司都虧損，她肯定會把人砍成好幾段吧？

梁禪站在門口迎接，見楚總面色不善地帶著張總助抵達公司，便越發覺得心驚膽戰。他鼓起勇氣，僵笑地問候道：「楚總最近休息得如何……」

楚楚沒有理會他的問題，反而揚起下巴，臉上隱有怒氣，開門見山道：「我都聽說了……」

梁禪怯怯地低頭，準備拿出提前準備好的說詞，應付來自抄襲風波的責問。

他已經擬好開頭，大致內容是：楚總，實在對不起，我們也在調查兩款遊戲相似的原因。雖然《縹緲山居》現在的收益沒有達到初步目標，但還有極大的上升空間，團隊也會繼續全力以赴，請您放心。

梁禪今天要先穩住金主，才能保住公司，只要不撤資，一切都還有希望！

楚楚表情嚴肅，不滿地直言：「你是不是看不起我投資的錢！」

梁禪趕忙道：「當然沒有，楚總，我們也在調查……」

楚楚：「那為什麼《贏戰》進行封測，我卻沒有帳號？」

梁禪：「？」

梁禪：這跟《贏戰》有什麼關係？我們在談的不是抄襲這件事嗎？

楚楚見他不答，狐疑道：「你看得起錢，卻看不起我？」

梁禪嚇得差點跪下，他果斷棄車保帥，義正辭嚴道：「絕對沒有，秦東太不像話了，居然忘記這件事，我馬上幫您準備帳號！」

梁禪心想，只要楚總別撤資，給她《贏戰》的封測帳號也不成問題。

辦公室內，突然被點名的秦東猛地打了個噴嚏，他推了推鼻梁上的黑框眼鏡，又繼續調整著遊戲資料。一名綽號叫「胖子」的主策畫關懷道：「老大，你怎麼了？該不會是流感吧？」

《贏戰》自從拿到投資，團隊頓時壯大起來，秦東找回不少《贏戰》曾經的主要策畫人員，還招募許多年輕的新人。因為秦東率先帶頭研發《贏戰》手遊，理所當然地穩坐其位，被其他人稱作「老大」。

秦東揉了揉自己的捲毛，奇怪道：「總覺得有人在談論我。」

胖子看他沒事，又問道：「Miss.C的形象是確定了嗎？不請美術再畫好一點？我老是覺得女性BOSS不好看，實在很可惜……」

Miss.C的原型是楚總，但秦東從未告訴過旁人此事，他只是在設計時提出許多建議，用遊戲角色生動地展現楚總的殘暴不仁。

秦東回想起被楚總支配的恐懼，孱弱的身軀打了個冷顫，堅持道：「女魔頭都是這樣。」

胖子覺得秦東蒼白深沉的臉上透出了往事，他還沒細究，便聽有人遙遙地喊道：「老大，梁總正往這邊走，銀達的楚總也來了！梁總讓我們趕緊準封測帳號！他說楚總也要參加封測！」

胖子見秦東直接癱坐在椅子上，像是突然被陽光直射的僵屍，連忙道：「老大，你怎麼了？」

「BOSS來了……」秦東面無血色，覺得自己大難臨頭，《贏戰》封測有必要驚動金主嗎？

楚楚和張嘉年來過《贏戰》的辦公區幾次，如今熟門熟路，但她乍看猛增的人員，也不由感慨：「現在人丁興旺啊。」

《贏戰》原來的辦公區簡直一片荒蕪，看不見人煙，如今團隊已經具備基本的規模。雖然它暫時沒辦法超越《縹緲山居》的龐大團隊，但看起來也算像模像樣。

眾人本來正在辦公，回頭看到龐大的高管隊伍和為首的楚總，頓時發出興奮的議論聲，還偷偷拿出手機拍攝。遊戲公司的員工大多都很年輕，且不少人看過《我是毒舌王》。

幾個年輕的女孩像是看稀有動物一樣，遠遠地圍觀楚楚，她們鼓起勇氣道：「楚總好！」

「妳們好。」楚楚自然地回頭應聲。

「啊——」女孩們激動地發出尖叫，像是第一次見到活生生的貓熊。

秦東想要吐槽：妳們是追星的粉絲嗎？別人追偶像，妳追大老闆？

秦東悄悄挪步到梁禪身後，小聲地說道：「遊戲還不成熟，現在讓楚總試玩不太好吧？」

「沒關係，楚總今日就是為此而來，不會在意小瑕疵的！」梁禪寬慰道，只要楚總現在別想起抄襲風波和撤資，怎麼樣都好。

秦東面對信念堅定的高管們，努力垂死掙扎，解釋道：「但《贏戰》是五人模式，一個人不太好進行封測……」

「這裡不就有五個人嗎？」楚楚環顧一圈，點名道，「我、張嘉年、梁禪、你……再隨便找一個就好。」

楚楚覺得滿場都是人，想組兩支隊伍也沒問題，絕對撐得起來，不遠處的女孩們甚至開始踴躍舉手。

秦東驚掉下巴：「這可以嗎……」

梁禪率先響應楚總的號召，果斷道：「可以的！秦東，你也先放下手邊的工作，讓楚總感受一下大家最近在遊戲上的心血……胖子，你來湊數！」

主策劃胖子見梁禪發話，哪敢不答應，立刻趕來陪楚總。

旁邊的女孩們失望地放下手，卻還是偷偷地觀察著楚總的一舉一動。有人舉起手機，壯著膽子道：「楚總看看我嘛……」

楚楚疑惑地扭頭，正好撞上對方的鏡頭，再次引來一陣騷動。

梁禪出言制止道：「別拍了，不像話……」

女孩們遭到老闆訓斥，這才放下手機，改成對楚總伸手比心：「愛您哦。」

梁禪、張嘉年：「……」

張嘉年是第一次看到，除了夏笑笑以外的楚總狂熱粉絲，他對躍躍欲試的女孩們頗感驚訝，難道老闆有著吸引女粉的體質嗎？

《我是毒舌王》當初是由夏笑笑跟進的行程，張總助又沒有社群帳號，哪會知道楚總有一群狂熱粉絲。銀達和辰星都是楚總直接管理的公司，沒人敢得罪老闆，規矩相當嚴格。光界娛樂就不一樣了，遊戲公司的員工本就年輕活躍，楚總又不是直屬主管，難得來一趟，立刻讓大家興奮起來。

張嘉年看到秦東安排眾人進行封測，趕忙想要推辭：「再找個人吧，我就不試了……」

張嘉年待會兒還想跟梁禪談談《縹緲山居》，楚總是真心來玩遊戲，他則有正事在身。

楚楚斜他一眼，語重心長地教育：「不合群、沒有紀律，如果打仗的時候像你這樣，那要怎麼獲勝？」

張嘉年：「……」

楚總的話立刻引發粉絲們的陣陣笑聲，眾人皆興致勃勃地盯著此幕。

楚楚聽到笑聲，想起張嘉年沒見過如此陣仗，害怕他感到不適。她乾脆回頭教育人群，認真道：「可以笑我，但不能笑他，請精準發笑。」

現場的楚粉們忙不迭地點頭，乖乖應聲：「好的，好的，一定會精準發笑！」

她們答應完，又不免私下嘀咕：「好甜啊！鎖了！鎖了！」

張嘉年：「？」

張嘉年：不是很了解你們這群粉絲，一天到晚在說什麼暗語？

其他員工為五人分發完設備後，便安排高管們落坐，然後興致勃勃地旁觀這支神奇的封測隊伍。楚總出手果然不同凡響，她想要進行封測，陪玩的隊友們也沒有普通人。

小隊陣容絕對強勢，有大金主、兩個高管、主程式設計師、主策劃，簡直就是王者戰隊。

五人的遊戲畫面還會被投放在大螢幕上，現場所有人都可以看到遊戲過程。

有人唯恐天下不亂，朝著秦東喊道：「老大，要是你帶著老闆去送頭，年終獎金是不是就沒啦？」

秦東：「……」

秦東望著看熱鬧的眾人心如死灰，他覺得楚總一會兒見到Miss.C，不要說年終獎金，甚至會當場沒命。

張嘉年畢業多年，居然在楚總的帶領下，找回年少時在網咖打遊戲的感覺，只是當初的隊友都是同學，現在卻是同事。他看了看楚總，又看了其他為生活低頭的隊友們一眼，最後還是被趕鴨子上架地推上場。

張嘉年：遊戲公司高管淪為代練陪玩，究竟是人性的扭曲，還是道德的淪喪？

秦東出面為楚總介紹遊戲規則：「《贏戰》有五種職業，分別是戰士、遊俠、建築師、炸彈人、廚師，玩家需要在規定時間內達成生存目標並對地圖進行探索。我們這局先選擇最短的二十五分鐘，讓您嘗試一下……您想選擇什麼職業？」

因為五人要先在初始畫面選擇職業，才能進入遊戲。眾人考慮到老闆的遊戲體驗，自然不會跟她選擇一樣的職業。

「職業也會影響遊戲體驗？」楚楚茫然地看著遊戲畫面，「哪個比較適合我？」

秦東剛要解釋，便聽底下的女孩們朝楚總喊道：「遊俠，選遊俠！」

楚楚不懂遊戲內的職業，疑惑道：「為什麼？」

她聽話地隨手點了一下遊俠，便看到手持弓箭的遊戲角色從彩光中旋轉而出。

女遊俠有著金色長髮，她猛地拉開弓箭，帥氣地射出一箭，說出角色臺詞：「用金錢和利箭擄獲你的心。」

眾人聽遊俠說完臺詞，紛紛忍俊不禁，這句話莫名其妙跟楚總的形象極度匹配！

楚楚頗感興趣，又試了一下遊俠的技能「無限金幣」。畫面中的遊俠猛地跳起，投擲出無數金幣，然後漂亮地落地，開口道：「除了財富和你，我一無所有。」

楚楚滿意地點頭：「就選它了。」

眾人：「哈哈哈哈哈！」

張嘉年嚴重懷疑遊戲團隊內部暗藏楚總的粉絲，否則怎麼能如此精準地拍馬屁？

張嘉年：可以做舔狗，但沒必要。

張嘉年一邊在內心痛斥遊戲人員溜鬚拍馬的行為，一邊心口不一地選擇跟遊俠搭檔的建築師，準備做楚總的輔助，老實地當起舔狗。遊俠搭配建築師的組合曾經是《贏戰》的黃金配對，民間俗稱「撿垃圾組合」。

楚楚選完職業，探頭過來，偷看張嘉年的螢幕：「你選哪一個？」

張嘉年亮出自己的遊戲角色，答道：「建築師。」

「你了解這些職業嗎？還是隨手選的？」楚楚看他熟練地檢查技能，不由面露詫異。

梁禪聞言感到好笑，他內斂而得意地說道：「楚總，《贏戰》當初可是不少人的青春啊……」

楚楚不是書中世界的人，當然沒經歷過這款遊戲席捲全國的時代。基本上人人都有《贏戰》的帳號，沒玩過才奇怪。

楚楚眨眨眼，好奇道：「那你是不是差點就把無數人的青春毀掉了？」

《贏戰》當年如此受歡迎，還能被梁禪經營到關服？

「……」梁禪內心被重擊，心想人果然不能得意忘形，否則就會迎來現世報。

眾人看梁總吃癟，一時大笑起來。張嘉年出面解圍，解釋道：「電腦版的系統不太一樣，也沒有時間限制。手機版在經過改良後，這些問題都已經解決了。」

楚楚感覺張嘉年不像新手玩家，問道：「你很了解？」

秦東中肯地補刀：「張總一上來就做您的舔狗，求生欲真強。」

秦東算是看穿這些心機高管，陪老闆打遊戲還不忘營業。張嘉年選建築師，梁禪選廚師，這是打算對楚總一路舔到底了？秦東最終選擇戰士，胖子則選擇炸彈人。

楚楚作為新手，不太明白遊戲術語，她看向張嘉年：「這是什麼意思？」

張嘉年遭秦東拆穿，原本鎮定的臉上流露出一絲赧意，他動了動嘴唇，一時不好解釋。

雖然只是遊戲中的戲言，卻還是感覺怪怪的？

旁邊，隨時聽令的忠實楚粉們立刻為楚總解答：「遊俠的背包空間很小，撿不起太多道具，需要其他職業的人提供道具，就被戲稱為舔狗。」

楚楚似懂非懂地點頭，覺得吸收到了新知識。

遊戲開始後，畫面上的金髮遊俠蹦蹦跳跳地探索起來，它身後還跟著兩大護法，一個是黑髮的斯文建築師，一個是棕髮的胖子廚師。建築師提供護盾給遊俠，讓遊俠能輕鬆擊倒小怪，道具灑落在地，它身後的建築師和廚師立刻盡忠職守地上前收拾。

楚楚果斷操作遊俠朝廚師射箭，直言道：「你不要跟著我。」

梁禪怯怯道：「廚師需要輔助遊俠……」

楚楚冷漠道：「你不准當舔狗。」

這是她辛辛苦苦得到的道具，為什麼要讓梁禪去撿？

梁禪解釋道：「楚總，其實遊戲中的建築師是要去蓋房子的。」

潛臺詞是，張嘉年才應該離開。

張嘉年面露猶豫：「那我回去出生點好了……」

楚楚蠻橫地看向梁禪：「我不管，你替他去蓋房子。」

梁禪滿臉疑惑：「？」

梁禪：廚師沒有蓋房子的技能啊？我拿菜刀和鍋子幫妳蓋？

秦東看自家上司慘遭楚總嫌棄，趕忙遞臺階道：「我們三人結隊探索吧，沒房子也無所謂。」

廚師只得含恨離開遊俠和建築師，跑到戰士和炸彈人旁邊。

其他人強忍爆笑，私下偷偷嘀咕：「原來做舔狗也是要看臉的。」

五人很快就開拓出大半張地圖，因為張嘉年不蓋房子，鞠躬盡瘁地舔楚總，小隊便只能走遊擊隊戰術，終於碰到BOSS。Miss.C從地底鑽出，它身邊環繞著拍打翅膀的蝙蝠，嬌聲道：「用心付出就是用錢付出。」

秦東頗感心虛，唯恐楚總看出端倪，建議道：「楚總，我們沒蓋房子可能打不過，三分鐘後BOSS會放大招，現在的小隊會團滅……」

楚楚沒見過Miss.C的大招，她不懂秦東的顧慮，開口道：「還好吧，用技能來攻擊的話還可以啊？」

秦東眼看著遊俠往前衝，建築師還配合地往她身上丟護盾，無奈道：「但技能是有冷卻時間的，您又不能無限連擊……」

遊俠的技能名叫「無限金幣」，是看機率出現連擊的技能，簡而言之就是考驗玩家的幸運值。

幸運的金幣一體兩面，如果出現有圖案的一面，有百分之五十的機率給予敵人重擊，並瞬間刷新技能冷卻時間，出現文字面則給予敵人普通攻擊。

遊戲團隊使用遊俠封測時，最高的連擊記錄是七次，基本上是封頂資料。Miss.C的血量能扛過七次重擊，還不等他們消滅BOSS，就會被BOSS的大招團滅了。

秦東看楚總不管不顧地衝上前，只得在內心嘆氣，反正也是陪老闆娛樂，輸贏倒是無所謂了。

但是他萬萬沒想到，自己居然慘遭打臉。

螢幕上的數字不斷跳動，出現絢麗的七連擊！

楚總身體力行地告訴眾人，她在現實和遊戲中都有無限金幣。

「哇，第八次連擊了！」其他人興奮不已地叫道，緊盯著螢幕上不斷投出金幣的輕盈遊俠，金幣居然每次都是圖案面。

Miss.C像是被澈底激怒，它咆哮著向女遊俠發動攻擊，看都不看衝上來迎戰的戰士。無數蝙蝠撲向遊俠，眼看女遊俠就要被蝙蝠群吞噬，建築師突如其來的護盾卻幫它擋住這一擊。

女遊俠逃出生天，輕鬆地彈跳落地，它不停投出金幣，竟有要把BOSS連擊致死的架勢！

群眾們激動地計算：「第十五次！」

「第十六次！」

「要贏了！贏了！」

Miss.C終於轟然倒地，化作滿地金光閃閃的道具。楚總的遊俠居然將BOSS直接擊敗，打出高達十八次的連擊記錄。

秦東難以置信地站起身，錯愕道：「是有人調整過機率了吧？」

主程式設計師秦東完全無法相信，要是遊俠能把BOSS連擊至死，遊戲的平衡度就有問題了。這絕對是歐皇吧，沒氪金還能這麼強？

楚楚波瀾不驚道：「年輕人，不要太激動，我投胎的時候都能拿到無限金幣，更何況是遊戲。」

秦東竟無言以對：「……」

楚楚正色道：「遊戲很好玩，但我能不能提個建議？」

秦東本來還深陷在震驚之中，他一聽到攸關專業的事情，立刻認真起來：「您說。」

楚楚：「能不能設定單一拾取？我不喜歡誰都能撿我的道具。」

畫面上，正興奮地撿著垃圾的廚師和炸彈人突然僵住，只有建築師還在不斷地彎腰拾取。

秦東面對難題，艱難地解釋：「其實只有同隊才能撿，別的隊伍是撿不到的。」

楚楚：「那要怎麼把你們三個剔出隊伍？」

秦東：「……」

秦東：乾脆做個雙人模式給妳玩算了？還能把連線打成單機？

楚楚初玩一把感覺不錯，又嘗試了其他模式，覺得《贏戰》手機版相當有潛力。遊戲中按照時間分類有二十五分鐘、四十五分鐘和九十分鐘，按照模式分類則有探索和競技，滿足各類玩家的需求。玩家等級跟每局遊戲中的發揮和水準有關，等級較低的玩家同樣有機會逆襲，玩法非常多樣。

光界娛樂公司內，楚總沉迷遊戲無法自拔。另一邊，公司的八卦群眾們已經在網路上展開文字直播，繪聲繪色地描述現場情況。

熬夜小貓熊：『楚總來公司視察，還要參與封測！我簡直興奮到原地爆炸，必須讓她選遊俠！』

熬夜小貓熊：『遊戲陪玩小隊裡，兩個高管、主程式設計師、主策劃人，太強了，楚總太體面了。』

熬夜小貓熊：『我靠，遊俠十八連？楚總太神了！』

紅鯉魚：『樓主是做什麼遊戲的？《贏戰》裡遊俠的無限金幣怎麼可能十八連擊？電腦版最高紀錄是七次吧，這太假了。』

Shutter：『你們老實交代，誰摸了伺服器，故意討好老闆（doge.jpg）。』

小可跳起來：『楚彥印：她出生的時候，我摸了一下伺服器。』

長頸鹿好辛苦：『樓上有夠好笑，光界的主要工作就是陪老闆打遊戲？那我也可以去應徵啊（doge.jpg）。』

Feel：『你快轉告楚總，我的遊戲ＩＤ是一八三二一，專玩炸彈人。我願意分享她的遊戲金幣，為她減輕壓力（doge.jpg）。』

呀呀：『樓上的，這是手機版，還沒上線呢，報電腦版的ＩＤ也沒用。』

我是預言家：『期待明天的搜尋排行榜。』

甜湯：『這可怕的討論度，我楚總果然是當紅明星？』

烏雲多：『編得太假，大神級玩家當年才打出七連擊，不過也是過去的事了。《贏戰》要是當初沒改系統，遊戲壽命肯定會很長，現在都變成回憶了，好想重溫電腦版。』

紅頂：『哪裡假？說到底就是機率問題。十八連擊的機率低不等於不存在，全看幸不幸運而已。』

小票哥：『等等，我是在看十年前的貼文嗎？現在居然還有人在討論遊俠的技能（問號.jpg），這遊戲不是都關服了？』

歡樂小白兔：『快出來營業！@楚總全球粉絲後援會。』

楚總全球粉絲後援會：『她是商業奇才，更是遊俠王者，文能妙語連珠脫口秀，武能大神操作十八連，守護全世界最好的楚總（心.jpg）。』

華日明燈：『後援會笑死我了，樓主作為前線居然不放照片（doge.jpg）。』

熬夜小貓熊：『有照片和影片，但沒辦法上傳喔，公司有保密協議，而且梁總不允許（跪地.jpg）。』

咖啡精：『預言家實至名歸，已經上搜尋排行榜第八名了。』

「熬夜小貓熊」本來只是想記錄一下，所以才上傳，沒想到分享數卻越來越高。光界娛樂內的其他八卦群眾見狀，也紛紛下場，加油添醋地進行文字直播，進一步推動這則貼文的熱度。

砂礫：『楚總還不允許梁總撿她的道具，我直接大笑，今天太歡樂。』

玄學改命：『以上都不是重點好嗎？我超級羨慕楚總身邊的帥哥，誰能告訴我該怎麼成為跟老闆同進同出的舔狗？現在調職還來得及嗎？』

泰迪熊：『是上次的燒烤攤帥哥嗎？本顏控求大神們上傳照片！』

平安是福：『如果是上次的燒烤攤帥哥，他是副總，各位想陪楚總打遊戲的話，也要混成高管才行。奉勸大家別上傳照片和影片，玩歸玩、鬧歸鬧，別拿律師函開玩笑（doge.jpg）。』

小白：『簡單翻譯一下，你的學歷和簡歷不夠硬，連陪楚總打遊戲的資格都沒有（doge.jpg）』

「楚總無限金幣」的關鍵字，在眾人的添磚加瓦中緩慢上升至搜尋排行榜，雖然大家沒膽子上傳照片和影片，生怕被老闆起訴，卻可以用文字直播。隨著現場人員不斷加入聊天，不少人也暢所欲言起來，畢竟都是用網名發言，公司老闆也不知道每個人的真實身分。

留言區內分為兩大陣營，《贏戰》懷舊技術派和楚總無腦八卦派。前者深入討論著遊戲內容，想要重玩電腦版的《贏戰》，體驗青春回憶；後者深度八卦楚總事蹟，不但寫出看完文字直播的心得，還默默站起ＣＰ。

其間，偶爾有些不和諧的聲音，但很快就被人嗆回去了。

二八三二九：『光界真能轉移話題，《縹緲山居》抄襲風波還沒解決，現在又想藉由推出新遊戲來買榜？』

霹靂閃電：『你又算哪根蔥？那兩檔遊戲產生的爭議都上不了搜尋排行榜，就別來這裡蹭熱度了吧？』

鱗片：『感謝關注，但請不要捆綁我們家的當紅明星哦，《贏戰》才是楚總投資的專案。』

第三章　深藏不露

光界娛樂內。

楚楚和張嘉年結束封測後，終於跟梁禪等人在會議室正式面談。

張嘉年在談判桌前坐穩，一改陪玩時沉默寡言的形象，開門見山地說道：「梁總，最近《縹緲山居》的新聞，楚總和我都有所耳聞，遊戲上線後的營利不達預期。如果繼續下去，按照當初簽訂的對賭協議，光界娛樂的淨利率目標恐怕很難達成。」

對賭協議的出現是基於對投資者的保護，許多公司融資時吹牛吹得天花亂墜，但誰也不知道實際情況。光界娛樂獲得融資時，跟銀達投資簽訂過對賭協議，如果沒有完成淨利率目標，便要做出相對應的彌補和賠償，例如交出部分股權。

因為當初新視界貿然介入並抬價，楚楚和張嘉年在實際敲定協議時，還給予光界娛樂部分優惠讓步。但以現在的狀況來看，梁禪和光界娛樂可能連最基本的對賭目標都做不到。

梁禪擦了擦額角的汗，心道該來的還是會來。他解釋道：「《縹緲山居》才剛上線，仍處在起步期，公司也在加強推廣，遊戲仍具備廣闊的市場空間。」

張嘉年提醒道：「如果按照目前的輿論風向，《縹緲山居》很難超越《涼山州》，您下一步打算如何攻占遊戲市場？」

梁禪一時無言，他其實可以說些冠冕堂皇的大話，但面對眼神雪亮的楚總和張嘉年，又感到問心有愧。他自己也清楚，《縹緲山居》的營收很難再衝上去了。

楚楚跟張嘉年相互配合，她適時地遞臺階給對方，溫聲道：「梁總，我們也不是專程跑來逼問您，畢竟您才是壓力最大的人。既然出了問題，大家就一起想辦法，努力解決困難。」

「當初您願意相信我們和銀達，我們現在也願意相信您和光界。」她面露真切，極有感染力地說道。張嘉年先扮了黑臉，楚楚自然扮起白臉。

現在的關鍵問題是，兩款遊戲到底誰抄襲誰？楚楚和張嘉年又沒有跟過《縹緲山居》的研發流程，他們同樣不清楚。

梁禪苦笑道：「楚總，不瞞您說，我真的不知道遊戲相似的原因。光界離職的員工也有簽過保密協定，不可能洩露專案內容，我們最近調查許久也沒頭緒。」

張嘉年詫異道：「您是說，這只是個巧合？」

梁禪無奈道：「我知道您可能不相信，但確實是這樣。」

楚楚再次確認道：「您能保證《縹緲山居》沒有任何借鑑成分嗎？」

「我保證。」梁禪擲地有聲道，他還是有基本的職業道德。

楚楚若有所思，沒有說話。

梁禪開口道：「楚總，張總，如果第一年對賭失敗，我會按照協議進行賠償的，但請您們務必相信我。《縹緲山居》絕對沒有抄襲任何遊戲，完全是我們團隊的心血。」

楚楚平靜道：「不一定會對賭失敗。」

梁禪面露疑惑，他老實地坦白：「楚總，其實很多遊戲上線後，基本就能預測出後期的走向……」

《縹緲山居》才剛上線就不受歡迎，還深陷抄襲風波，想再取得高收益，實在有些困難。

楚楚心平氣和道：「《縹緲山居》確實不太能承擔對賭壓力，但要是現在上線《贏戰》，說不定趕得上。」

《贏戰》已經進入封測階段，要不是怕拿走《縹緲山居》的熱度，實際上過段時間就能上線。光界娛樂將《贏戰》的上線時間往後排，最大原因是目前的宣傳資源都堆在《縹緲山居》身上。

光界娛樂的對賭是以年為單位，三年間需要完成的淨利率目標逐年遞增。如果《贏戰》按照過去的時間上線，它的投資報酬率很難體現在第一年的對賭上。

梁禪頗為猶豫，這確實是個辦法，但他心裡也沒把握。

畢竟《贏戰》的團隊規模遠不及《縹緲山居》。實話實說，要是楚總以前沒有投資《贏戰》，這遊戲早已成功地銷聲匿跡，退出歷史舞臺。

梁禪相當遲疑：「楚總，如果現在就讓《贏戰》上線，其他宣傳推廣很難跟上，不如再等等……」

楚楚直言道：「不行，要是連《贏戰》都被抄襲了呢？」

梁禪有些苦惱，不得不說，楚總的話很有道理。眾人沒查明抄襲的真相，這便是個隱形炸彈。

「但現在進行前期宣傳是不是太趕，《縹緲山居》也預熱了很久……」梁禪掙扎道，他覺得就算楚總發文強行推薦，影響範圍也不夠廣，畢竟她的粉絲數量有限。

「宣傳方面你不用擔心，我會想辦法的。」楚楚思考一番，給出承諾。

梁禪看她信誓旦旦，最終還是答應下來，一是為了完成對賭協議，二是《贏戰》的主要資方是銀達。楚總說要提前上線，他也沒有太多理由拒絕。

梁禪送走銀達一行人，仍擔憂著《贏戰》的宣傳。他才剛回到辦公室，便有人匆匆趕來彙報：「梁總，你看看《贏戰》的官方社群帳號吧，消息都快炸開了！」

精靈遊俠：『《贏戰》什麼時候關服的？我今天還想玩呢。』

黑暗者：『好失望，電腦版不能重新上線嗎？我看官方資料，手機版還要好久。』

白塊：『童年回憶，現在居然沒了，要不是看到今天的搜尋排行榜，我都沒有發現。』

梁禪看著社群軟體上熱烈的討論，感到一頭霧水，沒想到《贏戰》封測能引起如此大的反響。無數老玩家還到《贏戰》官方帳號底下，強烈要求重啟電腦版，讓大家重溫一下以前的感覺，紛紛寫出真心實意的懷舊之言。

梁禪：你們怎麼不在遊戲關服前來重溫？現在才來放馬後炮。

《贏戰》當時無聲無息地關服，除了一些忠實粉絲分外惋惜，並沒有掀起任何討論。梁禪總算明白，楚總自帶驚人的熱度，她簡直是搜尋排行榜的霸主，知名度甚至遠超許多明星。

《縹緲山居》上線前，光界娛樂花費極高的行銷費用，鋪天蓋地地展開宣傳攻勢，想跟《涼山州》抗衡。風波鬧得最大的時候，討論度都不及楚總來公司封測《贏戰》的事情。

梁禪心裡後悔，早知道當初直接把行銷費轉給楚總，或許《縹緲山居》的宣傳效果還能更好。不過他也知道這是異想天開，只敢在心裡過癮，畢竟有抄襲事件在前，不可能讓金主蹚渾水。

梁禪想了想，乾脆找到秦東，告知他手機版提前上線的消息。梁禪琢磨片刻，提議道：「等手機版上線後，如果時間允許，將重製後的電腦版重啟吧。」

秦東當初想要讓重製的電腦版上線，卻被梁禪否決了，畢竟電腦版拖累公司好多年。

「啊？」秦東一臉茫然，「可是您當時說……」

「不在這時候跟風，我怕自己又改變主意了。」梁禪嘆了口氣，營利和情懷實在難以平衡，他心中其實也很矛盾。既然現在對賭壓力很大，還不如就此放手一搏。

另一邊，楚楚回到銀達投資，開始尋找推廣《贏戰》的辦法。

楚楚目前有七百一十二萬粉絲，她沒有發過貼文，還保持著這個數量屬實不易。如果跟其他公眾人物相比，李泰河擁有三千一百二十八萬粉絲，尹延擁有三千七百九十三萬粉絲。

陳一帆憑藉最近的發展，也暴增至六百四十八萬粉絲。

楚楚不是沒想過讓辰星的藝人做宣傳，但有影響力的藝人就那幾個，也沒什麼驚喜。

楚楚隨手翻了翻，突然發現「齊盛集團」都有一千兩百零五萬粉絲。她深感光消耗自己的資源也沒意義，既然遇到困難，一定要發動廣大人民和群眾。

楚楚掃了掃齊盛集團旗下的品牌，心中有了主意。

光界娛樂和《贏戰》的效率倒是很高，籌備過後馬上在官方帳號宣布手機版《贏戰》的公測消息，並發布上線時間。因為有「楚總無限金幣」的預熱在前，《贏戰》手機版的官方帳號很快有了關注度，起碼比《縹緲山居》初期的起點還要高。

但光是這樣，距離全面推廣還遠遠不夠。

沒過多久，大家就發現沉寂許久的楚總，終於上傳了第一則貼文，卻是直接轉發《贏戰》的公測消息，並配上一段簡潔的文字。

楚楚：『幫我轉發@齊盛集團。』

齊盛集團的官方帳號風格向來正統官方，它能積攢下如此龐大的粉絲量，主要跟長期活動推廣和定期抽獎有關。負責營運官方帳號的小編驟然看到消息，冷不丁嚇了一跳，一時緊張地咽了咽。

小編：楚董不允許讓官方帳號跟著太子胡鬧，但現在被太子點名了，怎麼辦！

新媒體部的眾人接到消息，立刻加開臨時會議，激烈探討如何應對此次危機，在夾縫中求生存。

「不然幫她轉發吧，也不是多大的事……」

「但上次幫忙轉發《我是毒舌王》就被罵了！小李還差點被開除！」

「也不能一直把楚總晾在一旁吧？」

「要怎麼回覆啊？如果不轉發還回覆，豈不是很挑釁？」

大家抓耳撓腮，最終勉強想出主意，找到柔和的回覆範本。

齊盛集團：『您好，這邊建議您換個官方帳號進行宣傳哦，幫您@銀達投資。』

原本嚴肅正經的齊盛集團官方帳號，此時只能怯怯地低頭發聲，委婉地拒絕楚總的請求，希望她能放過自己。

銀達投資：『你們這樣的企業文化可不行啊@齊盛集團。』

小櫻桃：『哈哈哈，我他媽快要笑死了，感受到齊盛脆弱無助的求生欲了。』

魅梨：『大膽刁民，你是想造反嗎？居然敢違抗太子（doge.jpg）。』

圖小雞：『是不是不想活了，等太子登基，第一個被滅的就是你！@齊盛集團。』

楚家不肖子孫：『是不是看不起我們楚太子，快說你有什麼狼子野心，坦白從寬！』

新媒體部的眾人本來是不敢忽視楚總的，怎麼現在加在他們身上的罪行，反而越來越重。居然還跳出無數熱心網友，要幫楚總把他們挫骨揚灰？

齊盛集團整個黑人問號。

網友們義憤填膺地幫助楚總聲討齊盛集團的官方帳號，全都當起太子的走狗。這股調侃之風瞬間瀰漫全網，只要是跟楚總有關的人物和團體，他們統統都不放過。

Lata：『不要以為沒點名你，就能當作沒事。太子沒想起你，是因為你太弱@辰星影視。』

飄呀飄呀：『天天說想讓楚總再上一次節目，還不過來拍馬屁？@我是毒舌王。』

神奇寶貝：『有的人號稱舞臺王者，私底下卻秒轉老闆的貼文，還配上真心誠意、辭藻華麗的感言，堪稱職場馬屁精典範@陳一帆。』

飛飛：『笑影的韓東已經轉發並秀出自己當年《贏戰》的戰績，來來來，讓我們看看哪個小機靈鬼能在本期《我是馬屁王》中脫穎而出（doge.jpg）。』

另一邊，楚楚萬萬沒想到，自己居然被齊盛的官方帳號拒絕了。她感到很沒有面子，覺得有必要讓人評評理。

齊盛大廈內，楚彥印正站在演講廳內準備進行動員大會。他鷹目犀利，雖已年過花甲，卻依然雄心勃勃。楚彥印正要上臺，身邊人卻突然恭敬地說道：「董事長，有您的來電……」

楚彥印不悅道：「待會兒再說。」

「是楚總打來的……」

「……她能有什麼正事？」楚彥印本要邁步，聞言又停了下來，他隨意地伸手，漫不經心道，「那就拿來吧。」

旁人看著楚董口是心非的樣子，趕忙雙手奉上手機。他們還猶記楚總封鎖董事長的號碼時，楚董怒不可遏的樣子，現在楚總主動打電話過來，他又死鴨子嘴硬。

楚彥印看著螢幕上的來電顯示人，心中有小小的得意，又有一絲隱隱的恐懼。他思索一番，覺得如果她鬧出大事，打電話的人應該會是張嘉年才對，頓時又放心了不少。

楚彥印接通電話，一邊微微翹起嘴角，一邊陰陽怪氣地說道：「怎麼突然想打電話給我？」

楚楚嬉皮笑臉道：『爸，這不是許久未見，想要問候一下……』

「不封鎖我啦？」楚彥印果斷興師問罪，冷哼一聲，「缺錢花了？終於把家產敗光了？」

『怎麼可能，我繼承您的聰明才智，在經商上絕對天賦異稟、無師自通。』楚楚毫不客氣地吹噓著，她義正辭嚴地說道，『爸，現在有人在網路上分裂我們父女的感情，要把我們搞得雞犬不寧啊！』

楚彥印直接道：「家裡早就被妳搞得雞犬不寧了，哪輪得到別人？」

『胡說，我們明明是新時代的模範家庭。』楚楚擲地有聲。

楚彥印心想，這可真是見鬼的模範家庭，她和林明珠彼此的臉上，就差寫著「勢不兩立」。

楚彥印覺得她的花言巧語漏洞百出，戳穿道：「妳跟林阿姨也很好？」

楚楚想了半天，才回憶起快要從腦海中消失的後媽林明珠，她認真道：『當然啊，我沒拿扳手敲過她的頭吧？』

楚彥印：「……」

楚彥印：妳要這麼說，我就沒辦法跟妳辯駁了。

楚楚循循善誘：『爸，我覺得不能讓流言蜚語甚囂塵上，必須破除我們父女不和的謠言……其實也不會很難，偶爾讓齊盛的官方帳號配合我就好。』

楚彥印信口開河：「我不懂這些年輕人的東西。」

一旁的人聽到這話，立刻偷偷抬眼打量楚董。周圍人心道，不知道是誰上次看到官方帳號轉發《我是毒舌王》，差點氣得半死，現在又裝作不懂社群帳號的老年人？

楚楚寬慰道：『沒關係，您稍微表態，自然有人會幫董事長做事。』

楚楚又不是傻子，她還能被楚彥印的話糊弄？楚彥印只要隨口提及一句，肯定有無數人衝上前，把事情做得妥妥貼貼。

楚彥印擺出談判的態度，淡淡道：「既然妳想讓我表態，妳也該表態一下吧？」

『肯定會的。』楚楚一口答應，順勢說下去，『我願意用一首〈世上只有爸爸好〉表明我的態度，在公司內重複播放，作為我司的企業文化。』

楚彥印的眉毛瞬間豎起，斷然否決：「不行！」

這實在是太丟臉了，成何體統！

楚楚順水推舟，果斷道：『既然您不願意，那就算了吧。這是您自己說的，不讓我表態哦。』

「……」楚彥印被氣得胸口痛，他為什麼要想不開接電話。

「哼，妳少給我裝蒜！這週末就給我回大宅，跟其他人聚一聚。林阿姨邀請一些人來做客，平時嘉年總說妳忙，這次可不能再拒絕了！」

楚楚沒想到還有這件事，怯怯道：『爸，其實張嘉年說的沒錯，我挺忙的……』

「少來這套，妳還會比我忙？」楚彥印可不會讓她蒙混過關，板起臉來，「既然妳說我們是模範家庭，好歹在眾人面前裝個樣子。妳也大了，跟妳林阿姨各退一步，別再鬧了！」

楚楚當年對林明珠惡言相向，仇恨延續數年，鬧得人盡皆知。楚彥印不求兩人重修舊好，只要能風輕雲淡地讓這件事情過去，別再糾結恩怨就好。

楚楚無奈嘆氣，大為不解：『你早知道會鬧成這樣，為什麼還非得幫我找後媽？』

楚楚覺得有錢老男人的腦迴路真奇怪，小聲嘀咕：『六十幾歲的人了，還以為自己是小夥子呢……』

楚彥印挺明白事理的，怎麼就控制不住下半身呢？他一把年紀了，娶了林明珠後，還不是只把她當作花瓶擺在家裡？

楚彥印火冒三丈，大發雷霆：「胡說八道！妳一個乳臭未乾的小丫頭，能懂什麼！」

楚楚一邊打電話，一邊聳聳肩，不屑道：『好吧，我確實不懂你們成年人的事。』

楚彥印：「……」

楚彥印努力平復怒火，忽略她快要開黃腔的言辭，語重心長地解釋：「等妳爬到了我的位置，自然就會明白，很多事沒有妳想像中的容易……」

楚彥印只需要有人能把楚家夫人的位置填上，至於是林明珠，還是李明珠，其實對他來說都無所謂。如果位置上沒人，他反而會有更多的麻煩。

楚楚肯定地點頭：『嗯，等我六十幾歲，娶個年輕的小白臉，疑惑一定能迎刃而解，想得明明白白！』

楚彥印：「……」

楚彥印感到一絲麻木，最終沉聲岔開話題：「我這週沒空，聚會的具體時間，妳跟林阿姨溝通一下。只要妳過去，我就不會食言的。」

楚楚想了想，楚彥印上次在相親的時候，痛快地給了二十億，社群帳號只是不值一提的小事，想來他會信守承諾。

虛偽父女成功敲定協議，本著平等互利的精神，達成合作。

楚彥印掛斷電話，旁邊的人看他臉上不再有怒色，立刻提醒道：「楚董，您現在上臺嗎？」

楚彥印看了會場的大螢幕一眼後，恢復往日的鎮定精明，囑咐道：「你幫我的簡報多加一頁，把她那什麼遊戲隨便放上去。」

楚彥印總不能直接讓下屬們轉發貼文，如此直接露骨，實在有失董事長尊貴的身分。上位者不用將話講得太明白，下屬自然能意會，否則都不用混了。

祕書果斷將《贏戰》的遊戲資料作為配圖，加在新媒體行銷資源整合的段落裡。齊盛的動員大會結束，眾人紛紛回去稟告楚董的新動向，翻來覆去地研究董事長的簡報，領會高層的意圖。

當天晚上，婉拒楚總的齊盛官方帳號再次現身，恢復官方正統的樣子，上傳最新貼文。

齊盛集團：『重溫童年經典，激戰荒野時刻，預約參與《贏戰》公測，找回專屬於你的回憶。』

云云峽：『雖然官方帳號還是一本正經，但我知道，你已經喪失純潔的靈魂，變成太子的舔狗了（doge.jpg）。』

玫瑰：『太子黨起義啦，快朝著大本營衝呀！』

得力小甘菊：『騰躍房產、清雅、暉方藥業都轉發了，齊盛集團旗下的企業都被威脅了嗎？（doge.jpg）。』

網友們驚訝地發現，不只有齊盛官方帳號轉發楚總的貼文，齊盛集團旗下的企業和產品，也如雨後春筍般冒出，化為毫無感情的廣告機器人，為《贏戰》打廣告。上至百萬粉絲的官方帳號，下至數千粉絲的帳號，涵蓋範圍之廣，令人咋舌。

甜食天使：『哈哈哈，太子宮變成功啦！』

小媚：『這廣告打得真大，如你所願@楚楚。』

喜氣洋洋：『齊盛集團：曾經，有一則貼文擺在我面前，我錯過了；現在，我和我的小弟們就要為此付出代價，全都要轉發（doge.jpg）。』

希娜：『大家不要指責官方帳號，要溫和一些，直接打它（doge.jpg）。』

齊盛集團：『（把委屈藏在心裡.jpg）。』

奶油餅：『你以後只叫@銀達投資爸爸的話，也許能苟活下來。兄弟，我只能幫你這麼多了（doge.jpg）。』

線上，網友們正因為官方帳號，紛紛下場調侃狂歡；線下，楚楚打算拉人下水，共同奔赴週末的鴻門宴。

銀達投資內，張嘉年聽完楚總的要求，立刻推辭道：「楚總，我週末還有些事務，需要待在公司處理，就不陪您參加聚會了……」

張嘉年可不想在豪門八點檔中擁有姓名。

張嘉年說完轉身欲走，又想施展逃跑大法。楚楚先一步上前，身手矯健地堵住他的去路。她挑眉道：「別騙公司的加班費了，一句話，去不去？」

張嘉年立刻搖頭，堅定道：「不去。」

楚楚靠著辦公室的門，失望地嘆氣：「好吧……」

張嘉年沒想到楚總今日如此好說話，他鬆了口氣，卻很快就發現了她的陰謀。他小聲地提醒道：「楚總，您稍微讓一下，我想要出去。」

楚總嚴絲合縫地擋住門，看起來不打算移動。

「你等等，先別說話。」楚楚伸手制止，正色道，「這個位置靈氣正盛，不要打擾我修煉。」

張嘉年：「……」

張嘉年眼看著楚總在門口耍無賴，好脾氣道：「您嘗試側個身，讓我過去呢？」

楚楚乖乖側身，直接將腰貼在門把上：「這樣？」

張嘉年遲疑地重申：「楚總，我想出去。」

「那你繼續想，我又沒辦法阻止你思考。」楚楚理直氣壯地抱胸說道。

潛臺詞是，你想想就好，但出去是不可能。

張嘉年被她無恥的邏輯打敗，哭笑不得道：「您難道還能擋一天？」

楚楚風輕雲淡道：「誰知道呢，修仙之人也有可能擋一年。」

張嘉年心想自己是造了什麼孽，今天就不該跨進這道門。楚楚見他不為所動，曉之以理，動之以情，開始打感情牌：「我們還是不是朋友？你連這點小忙都不幫？」

「是誰曾經陪你一起吃燒烤？是誰曾經陪你一起打遊戲？」楚楚痛心疾首地望著對方，只差聲淚俱下地控訴，彷彿在質問負心漢。

他沉默片刻，試圖進行反駁：「我總覺得，誰陪誰的順序好像反了……」

張嘉年：等等，當時想要吃燒烤、打遊戲的不都是她嗎？明明當初是他犧牲私人時間，怎麼轉口就變成她在付出？

「我們有必要分得那麼清楚嗎？」楚楚心痛地捂住胸口，語氣中難掩悲痛之情，「我們跨次元的友誼就這樣被你輕易擊碎，你的良心不會痛嗎？」

張嘉年：「……」

「我孤苦伶仃，飄落此地，你作為我唯一的摯友，關鍵時刻卻要棄我於不顧。」楚楚側開視線，佯裝掩淚，陷入獨角戲，「豪門水深，我初來乍到，要是遭人欺凌，連個能幫助我的人都沒有。」

張嘉年無力吐槽：「……您不霸凌別人就不錯了。」

「去嘛——」楚楚看他不上當，軟硬兼施道，「去嘛——你仔細想想，在盛大的聚會上，我舉著扳手卻不知道能敲誰，誰不能敲。難道你不該在現場為我解答疑惑嗎？」

張嘉年：都不能敲吧！

他見楚楚滿懷期盼地盯著自己，不由有些心軟，卻又心有顧慮，頗為猶豫。

楚楚見張嘉年挪開視線，只露出側臉的線條，他眉間微凝，微微地垂下眼，表情似乎有所鬆動。她立刻乘勝追擊，軟聲道：「張總助，請您跟我一起去，好不好？」

張嘉年忍不住瞟她一眼，終於敗下陣來，輕輕地嘆氣，無可奈何道：「好吧，但請您不要帶扳手。」

他可不想節外生枝，又替她把人送去醫院。

楚楚看他答應，當即綻放滿意的笑容，痛快地應道：「好！」

張嘉年在心中寬慰自己，她高興就好，頂多痛苦半天而已。

週末，楚楚和張嘉年乘車前往遙遠的大宅，再次來到雍容華貴的楚家豪宅。楚楚剛下車，便看到盛裝打扮的林明珠在門口等待，她身著精美合身的旗袍，抱著名為「可憐」的貴賓犬，嬌聲道：「楚楚，妳終於回來了，我還以為妳不想見我，所以不願意回到家裡。」

楚楚頷首道：「人貴有自知之明，妳比大部分的人還要強。」

楚楚認為林明珠明白這個道理，倒不是一無是處。

林明珠剛想要回嘴，張嘉年就聞到了火藥味，預感到女人之間的戰爭即將爆發，恰到好處地出聲提醒：「林夫人請慎言。」

林明珠看了張嘉年一眼，似乎有些顧忌他會跟楚彥印打小報告，這才打住話頭。她還有些不解氣，又陰陽怪氣道：「楚楚，妳怎麼連這種聚會都要帶著嘉年啊？」

楚楚振振有辭：「我忙啊，帶著他可以處理公司事務，不像妳每天閒在家裡。」

林明珠：「……」

林明珠：這父女倆說話的樣子，像是用同一個模子刻出來的。

其實楚楚對於所謂的「聚會」沒什麼概念，在她看來就是換個地方玩手機而已。實際上，楚彥印口中的聚會完全不小，也不是簡單地聚聚而已。

楚楚走進屋裡，看著言笑晏晏的人群和煥然一新的擺設，感到驚訝不已。鋪著潔白桌巾的餐桌上，放著琳琅滿目的下午茶餐點，貴婦們在靠窗的桌邊打橋牌，身著華服的年輕男女則在角落裡攀談、玩耍。

楚楚悄悄湊近張嘉年，問道：「怎麼這麼多人？」

張嘉年心平氣和地解釋：「這類聚會一般會由林夫人出面，邀請跟楚董關係親密的合作者家眷來交流做客，維護各家的感情。」

楚楚若有所思地總結：「上流社會人士用來互相吹捧的社交場所？資本家們奢靡腐朽的聚會？」

張嘉年：「……您要這麼說也可以。」

楚楚的出現猶如在油鍋中滴水，立刻引發爆炸效果，極度引人注目。

「楚楚來啦，好久不見，這麼大啦！」

「哎呀，現在得叫楚總啦，想見妳可不容易哦，像妳爸一樣忙……」

「現在還沒結婚吧？別光忙工作，也要結交一些朋友啊，阿姨可以幫妳介紹！」

突然冒出的貴婦阿姨們將楚楚團團圍住，雖然大家的物質條件極好，但八卦和聒噪的程度，跟普通大媽沒什麼差別，尤其關注楚楚的「交友」問題。楚楚被無數人臉晃得眼花繚亂，根本不知道誰是誰，畢竟她們都沒有角色光環。

楚楚分外慶幸把張嘉年拖過來了，起碼他能小聲告訴她這些人是誰，儘管介紹完大部分的人也沒用，她完全記不住。楚楚作為此類聚會的稀客，一時有當紅炸子雞的效果。

林明珠見楚楚如此受歡迎，不免心有不悅。她摸了摸懷裡的貴賓犬，掩嘴笑起來：「哪敢隨便介紹給楚楚，她眼光很高的。」

楚楚好奇道：「妳摸完狗狗再掩嘴，不會聞到牠身上的味道嗎？」

林明珠：「……」

楚楚是真心求教，她覺得這跟抓完頭後聞聞和偷偷聞臭襪子，有異曲同工之妙。

張嘉年覺得楚總簡直是話題終結者，兩人藉機從貴婦中脫身。楚楚終於從窒息的人群中鑽出，她長嘆一口氣道：「我們在角落裡打一天的遊戲，然後準時走人，可以嗎？」

楚楚有點後悔，早知道要見這麼多人，她當時就不該答應的。她本以為最多只有一桌人，大家隨便吃頓飯就結束了。楚楚總算知道為什麼楚彥印不來，要應付這種虛偽的場合，也得花費許多心力。

張嘉年殘忍地點明：「很遺憾地告訴您，這是不可能的，因為旁人會主動搭話。」

這種場合專門用來搭建關係，不管楚總在外人眼裡多麼荒誕不經，她的家世背景擺在這裡，就足以吸引一大群狂蜂浪蝶。

他話音剛落，便聽到不遠處有人猶豫地出聲：「嘉年……」

楚楚回頭看清楚來人，立刻瞟了張嘉年一眼，調侃道：「確實會主動搭話，不過搭話的對象卻不是我。」

楚楚心想，早知道就把扳手帶來了。

對面正是衣冠楚楚的南彥東，他看起來傷勢痊癒，身邊還站著一位妙齡女子，正心情複雜地看著兩人。他身旁的女子則好奇地看過來，似乎在打量楚楚和張嘉年。

南彥東跟張嘉年重逢，見他依然跟在楚楚身側，確信往日好友徹底墮落，心裡很不是滋味。他臉上染上落寞之色，欲言又止道：「我能單獨跟你聊聊嗎？」

南彥東覺得有必要勸張嘉年迷途知返，他的才能明明不輸旁人，何必以色侍人？

他身邊的黃奈菲則偷偷觀察著眾人的表情，想要摸清他們的關係。現場的人非富即貴，黃奈菲此次前來，便是要抓緊時機建立人際關係。楚楚和南彥東大概是此次聚會的權力頂端人物。

張嘉年心知楚總當初的行為會留下誤會，卻也不想多做解釋。他跟南彥東的交情隨著校園時代的結束而遠去，現在也沒什麼來往，便平靜道：「南總，我跟著楚總過來，恐怕不太合適。」

黃奈菲見張嘉年不給面子，索性出來圓場，八面玲瓏道：「大家有緣相聚，話不要說得這麼絕，不如一起聊聊？」

黃奈菲笑著看向楚楚：「我相信楚總也不會拒絕。」

張嘉年不太苟同，不過他還是看向楚楚，等待她的意見。

楚楚果斷道：「不，我拒絕。」

黃奈菲：「……」

黃奈菲：妳怎麼不按照劇本念臺詞呢？

黃奈菲沒有氣餒，反而擺出和事佬的姿態，從中斡旋道：「楚總，我知道您跟彥東哥有些誤會，今天不如就化干戈為玉帛，當作是交朋友。」

張嘉年微微皺眉，他覺得此話一出，本來楚南兩家沒有誤會，也弄得像有事情一樣。

黃奈菲覺得，要是真把兩家人聚集在一起聊天，她似乎就能成為化解仇恨的功臣？

楚楚挑眉：「交朋友？」

黃奈菲點頭：「對。」

楚楚想起貴婦阿姨們口中「交朋友」的含義，她上下掃視黃奈菲一眼，又搖搖頭道：「不好意思，我只交男朋友，不交女朋友。」

黃奈菲：「……」

黃奈菲臉上的笑意凝結，她乾笑道：「哈哈哈，楚總真幽默？」

楚楚其實大致明白黃奈菲的心態，她想要借助聚會的場合搭建人脈關係，屬於八面玲瓏、左右逢源型的人物，圈子裡有許多和她一樣的人。不過楚楚現在只想渾水摸魚、趕緊撤退，又不是有求於人，便沒心思跟對方糾纏。

張嘉年婉拒南彥東，黃奈菲又在楚楚這裡踢到鐵板，氣氛一時略顯尷尬。

不遠處，年輕人們聚在桌邊打牌，有人偷聽到四人的對話，乾脆替黃奈菲打抱不平，大聲道：「奈菲姐，別人不願接受妳的好意就算了，過來跟我們玩吧？」

楚楚順勢看過去，說話的人年紀不大，挑染了一縷黃髮，滿臉的桀驁不馴。那人注意到楚楚的視線後，還頗為不善地反瞪回去，是個心高氣傲的毛頭小子。

黃奈菲瞟了楚楚一眼，溫和道：「楚總，不如一起過去看看？」

周圍的人聽到石田出言不遜，悄聲規勸道：「石田，沒必要，這件事又跟你沒關係……」

雖然大家都有看到黃奈菲在自討沒趣，但肯定不會出面戳破，或者給楚總難看。有錢人都有腦子，同一階層還分有各種等級，何必上趕著惹人不快？

石田揚了揚下巴：「怎麼會跟我沒關係？奈菲姐的事就是我的事！」

石田欽慕黃奈菲也不是一天兩天，眼見黃奈菲在楚楚手中受挫，他自然是看不下去。其他人見狀後搖搖頭，覺得他幼稚得要命，成年人還搞學生時期的衝冠一怒為紅顏，而且敵對對象還是楚楚，實在有些不自量力。

眾人本以為楚總會大發雷霆，沒想到她臉色平淡，像是完全沒把石田的話當一回事，反倒隨著其他人走到桌邊旁觀。

楚楚看著桌上的卡牌，沒有見過這種遊戲，便好奇地看著幾人打牌。

張嘉年察覺到她探究的眼神，主動解釋起規則：「這是ＵＮＯ，卡牌的類型分為三種。」

黃毛男等人玩的是名為ＵＮＯ的牌類遊戲，最先將手中所有牌打出去的玩家獲勝。當玩家手中僅剩一張牌時，就要喊出「ＵＮＯ」，遊戲以此命名。ＵＮＯ的牌類有三種，分別是普通牌、功能牌和萬能牌。

黃奈菲笑著提議道：「楚總要不要試試看？」

楚楚見對方還在招惹自己，意味深長道：「如果妳再繼續跟我搭話，我會讓那個黃毛男很難堪。」

楚楚又不傻，當然看出了黃毛男跳出來嗆人的原因，難過美人關嘛。別人為黃奈菲出頭，她卻還在抱楚楚的大腿，對黃毛男來說無異於是諷刺。

石田眨了眨眼，他摸了摸自己的頭髮，才反應過來她口中的「黃毛男」是自己！

石田：這可是請高級的私人設計師設計的髮型！

黃奈菲一愣，她偷偷看了南彥東一眼，趕忙尷尬地推辭：「您說笑了，我和石田只是朋友……」

石田聞言，眼神有些失落，又忍不住繼續挑釁楚楚：「楚總光看不玩，不太合適吧？」

「我不會。」楚楚可不受他的激將法，她扭頭看向張嘉年，問道，「你要不要玩？」

既然張嘉年能講解規則，以前應該有玩過。

石田嗤笑一聲，輕蔑地說道：「他可玩不起，我們是有賭注的！」

他舉起小巧的車鑰匙，嘲諷地上下打量張嘉年一番，問道：「你玩得起嗎？」

石田記得事情的起因經過，要不是張嘉年拒絕南彥東，黃奈菲怎麼會在楚楚那裡吃癟？這些年輕氣盛的富家子弟向來目中無人，覺得張嘉年就是個打工的。

南彥東算是難得的青年才俊，還明白知人善任的道理，石田卻直接把不屑寫在臉上。

張嘉年上學時碰過這種人，他早已習以為常，懶得搭理像個跳梁小丑的石田。

楚楚卻有點不悅，她微微挑眉，出聲問道：「賭注是什麼？」

「我的是麥拉倫P1。」石田得意洋洋地說道，他斜了張嘉年一眼，「有些人還沒資格跟我們同桌呢。」

楚楚完全不懂車，索性向張嘉年虛心求教：「很值錢嗎？」

張嘉年沒辦法直接報價，他委婉地說道：「您的車庫裡有一輛，從前年起就不開了。」

石田：「……」

石田：怎麼突然炫富？

女配角原身熱愛豪車，換車跟換衣服一樣輕鬆，車庫裡更停著不少價值上千萬的跑車，很多都是楚彥印送的生日禮物。楚楚對車輛一竅不通，所以打從她穿書以來就沒再管理過，現在出門都靠司機，坐的車也極度低調。

楚楚想起家中裝滿車鑰匙的小木盒，猶記自己的包包裡好像也有車鑰匙。她低頭翻了翻，果然找出一把，隨手丟在桌上。

旁邊的人打眼一瞥，便回頭議論起來：「帕加尼！」

「她好像有一輛全球限量款……」有人在下面嘀咕。

楚楚不懂車子的價值，她誠心求教：「這個夠格嗎？」

「夠了，夠了！」桌邊的人立刻讓位給楚楚，招呼道，「您坐！」

石田面露詫異：「妳不是不玩嗎？」

「對啊，我不玩。」楚楚拉著張嘉年，將他按在空出的座位上，坦然道，「他替我玩。」

張嘉年的臉上浮現出驚訝之色，他立刻起身，想要婉拒：「這不太好吧……」

楚楚安撫地拍拍張嘉年的肩膀，湊到他耳邊悄聲道：「贏了就當我們的燒烤基金，輸了就檢舉聚眾賭博，把他們一網打盡。」

楚楚心想，反正前身的豪車擺在車庫裡就是擺設，又不能變現算入百億約定，她現在廢物利用也不錯。

張嘉年：「……」

張嘉年：果然最毒女人心，輸了居然要去檢舉？

張嘉年的內心突然湧起使命感，他絕對不能輸，不光是帕加尼的問題，真讓黃毛男等人因聚眾賭博遭拘留，肯定會平白增加自己的工作量。楚家邀請眾人做客，再檢舉人家賭博，未免也太超過？要是被楚董知道這件事，肯定會氣死。

南彥東看到兩人親暱地交談，面容染上一絲愁色。楚楚拋出豪車，維護張嘉年，難道還不足以說明問題的嚴重性？他為張嘉年的選擇感到痛心疾首，這簡直是從此走上不歸路。

石田沒料到楚楚會幫張嘉年撐場面，他冷哼一聲，在桌前重新洗牌：「你可別後悔，到時候輸了車又賴帳！」

楚楚擁有的帕加尼是全球限量款，不僅在價格上比麥拉倫P1高得多，更在於其稀有度，很多人有錢都不一定能買到。

楚楚信誓旦旦道：「當然不會賴帳，我車庫裡有的是車，夠你們打一天的牌。」

石田：「……」

有人小聲道：「楚總，您真的不玩嗎？我把位置讓給您？」

他們本來是四人局，現在張嘉年坐在桌前等於一對三。其他人害怕楚總覺得不公平，提出讓位變成二對二。

「不玩。」楚楚擺擺手拒絕，「我看著就好。」

眾人皆以為楚楚對張嘉年的水準相當放心，只有張嘉年心裡清楚，她是生怕事情不夠熱鬧，恨不得在真的敗北的時候，跑出去檢舉賭博。

四人發牌結束，石田便對另外兩人使了個眼色，毫不客氣地圍攻張嘉年。

張嘉年坐在桌前，他手中握著牌，心態反而平和下來，心無旁騖地投入遊戲中。他們玩的是計分制結算，只要有一人勝出，其餘玩家就要開始結算未打出的卡牌點數，點數越多，輸得越多。

另外兩名玩家顧忌楚總的情緒，還不敢馬上進攻張嘉年。石田對張嘉年的敵意，卻已赤裸裸地寫在臉上，他首輪就用功能牌「Draw Two」，讓張嘉年罰摸兩張。

張嘉年面對石田的攻勢，也沒手下留情。他很快就使用「Reverse」牌翻轉出牌順序，下輪殺伐果斷地打出兩張「Draw Two」，讓石田罰抽四張。

石田頓時氣急敗壞，不論輸贏地攻擊著張嘉年。張嘉年卻正好相反，他眼眸通透，專注地望著手中的卡牌，修長的手指嫻熟地不斷出牌，同時用功能牌對石田予以還擊，全程神色都風輕雲淡。

另外兩人剛開始還不好加入戰爭，但他們很快就只能使出全力。眾人逐漸發現，外表平和的張嘉年在遊戲上步步為營、運籌帷幄，他遊刃有餘地以一對三，沒過多久就要把牌打完，開口道：「ＵＮＯ。」

張嘉年的手中僅剩一張牌，旁人都對他的牌技欽佩不已，就連黃奈菲都投去驚訝的目光。她本來完全沒把張嘉年放在眼裡，不料他還有這樣的本事。黃奈菲悄悄地搖了搖頭，感嘆張嘉年的能力和相貌都不錯，只可惜出身太差。

楚楚旁觀戰局，居然還煽風點火：「成績和工作比人家差就算了，連遊戲都比不過？」

楚楚心想，這是她見過最差的一屆紈褲子弟。

石田額角冒汗，朝另外兩人喊道：「給他加牌啊，他只剩一張了！」

「沒有功能牌……」其他人為難道。

三人沒有手段能攔截，張嘉年毫無懸念地獲得勝利。

張嘉年的神色波瀾不驚，他並沒有常人獲勝時的狂喜，只是自然地將牌推回桌面中央。楚楚反而比他還要興奮，佩服地鼓掌：「可以可以，遊戲十分鐘，淨賺一輛車。」

她暗道張總助真是全能的資優生，不但有進演藝圈的潛力，還有去賭場混的能力。早知道別讓他管理什麼銀達，乾脆直接把他丟進海外賭場混兩個月，說不定四百億就穩了！

張嘉年吊打新手，本來沒什麼成就感，如今卻被她的喜悅感染，語氣中帶有不自覺的柔和，他笑道：「這麼高興？」

楚楚本來還掛著笑意，她想了想，又長嘆一聲：「唉，既然你贏了，那就不能檢舉了。」

張嘉年：「……」

「再來！」石田的好勝心上來，不服氣道，「你剛才不過是運氣好！」

張嘉年還未答話，楚楚便率先道：「願賭服輸，先拿出新的賭注，再開下一局。」

石田氣急敗壞地丟出提款卡：「我用現金跟你們玩！」

有人想要制止，勸道：「石田，就是娛樂一下，何必呢？」

石田冷笑道：「就算是娛樂，也不能讓他贏了就跑！」

楚楚看向張嘉年，詢問他的意見：「你還想跟黃毛男玩嗎？」

張嘉年看了看石田，淡淡道：「就給他贏回去的機會吧。」

石田看著張嘉年從容自若的神色，更是怒火沖天，恨不得立刻擊敗他。四人重新回到桌前，再次開始遊戲。張嘉年嘴上說著給石田機會，遊戲中卻完全不是這樣，幾乎展開一面倒的輾壓，連贏三把。

眾人本來抱著驚險刺激的情緒在觀戰，到後面就是麻木地聽著張嘉年平靜的聲音。

「UNO。」

「UNO。」

「UNO。」

「石田，別玩了！再玩下去會輸到脫褲的！」周圍的人紛紛攔住不死心的石田，想阻止他繼續下去。石田現在已經賠了兩輛車和幾千萬現金，居然還敢不管不顧地要求再來。

另一邊，楚楚坐收漁翁之利，正是春風得意的時候，她感慨道：「這已經不算是燒烤基金，完全可以開店了。」

雖然這種罪惡的外快不能計入百億約定，但金錢帶來的快樂是真實的。

「把車賣掉後，我們一人一半。」楚楚望著大功臣張嘉年，鄭重地許諾。

張嘉年看她露出志得意滿的表情，不禁哭笑不得：「都給妳。」

「不行，快樂一定要分享！」楚楚振振有辭，絕不能薄待有功之臣。

石田聽到他們準備賣車，差點氣到吐血。他的大腦在焦躁和憤怒中一片混沌，像個輸不起的賭徒，手足無措地看著牌局。桌上的手機螢幕亮起，石田看到傳訊息的人一愣，隨即道：「你們都別走，我馬上就回來！」

眾人見他往外走，還放下豪言，誤以為他要出去借錢，連忙出言規勸。

「石田，別玩了，跟楚總道個歉吧……」

「閉嘴！」石田正在氣頭上，什麼都聽不進去。

楚楚眨眨眼，見石田暴跳如雷地離開後，她乾脆取出手中的鑰匙，開始在現場吆喝兜售：「有人想買車嗎？麥拉倫P1低價促銷，可現場提貨，童叟無欺。」

眾人沒想到楚總如此有效率，現在就要賣車。有人小聲問道：「價格多少？能打幾折？」

「妳瘋啦，那是石田的車，他肯定會跟妳翻臉……」

「問問嘛，問問又不犯法！」

楚楚相當爽快：「妳如果真的想買，我幫妳打五折！」

其他人本來還有所顧慮，聽到價格頓時心動不已。兩輛車沒過多久就售出了，變現成楚楚帳戶中的真金白銀，她還收穫兩份折扣人情。

果然在金錢面前，所有人的友情都是虛假的。

無人的角落裡，石田看到黃奈菲，心情頗為複雜。他想到自己在她面前輸得一敗塗地，一時有些抬不起頭：「奈菲姐，妳找我做什麼……」

黃奈菲看他猶如落敗的小狗，善意提醒道：「石田，你針對錯人了。」

石田誤以為她在幫張嘉年說話，當即不滿道：「他不過就是受楚家資助的走狗，有什麼了不起的！」

「在西洋棋中，決定勝負的棋子是國王，但張嘉年不過是皇后……」黃奈菲循循善誘，柔聲道，「你想要獲勝，就應該要抓住國王。」

石田不該一味針對牌技超群的張嘉年，應該要擊垮他背後的楚楚。

石田若有所思，他回到屋裡，立刻找上楚楚。

「我要跟妳比！」石田氣勢洶洶地回到桌邊，朝著楚楚道。

「跟我比？」楚楚涼涼道，「你現在還能拿出什麼賭注？」

「我拿時延餐飲的股份跟妳比。」石田早有準備，擲地有聲道，「妳要是不相信，我現在就簽合約！」

「你瘋啦！你爸會打死你的！」旁人聽他口出狂言，不由驚叫出聲。

石田冷哼道：「輸了才會打死我，贏了不就沒話說？」

楚楚一頭霧水，小聲問道：「他說的時延股份是什麼？」

張嘉年耐心解答：「時延餐飲是一家上市公司，石田的父親是集團董事長。時延集團底下有許多知名餐飲品牌，您經常光臨的泉竹軒就是其中之一。」

石田已經成年，手中持有時延的部分股份也不奇怪，作為餐飲界龍頭企業，股份自然也價值連城。

石田又展開激將法：「既然我拿時延的股份來比，楚總是不是也該加碼，拿出自己的股份？」

楚楚搖搖頭，斷然拒絕：「我不跟你比。」

石田嘲諷道：「妳作為公司的老闆，膽子居然比妳的下屬還小？」

楚楚坦然道：「由於你今天的表現，我對時延的發展不抱期望，所以要股份也沒用。」

石田：「……」

時延餐飲繼承人石田的智商遠低於常人，集團以後豈不是會在破產邊緣試探？

然而，奇怪的聲音卻突然出現，似乎在慫恿楚楚往前衝。

〔請透過任務加強「霸道總裁」光環，光環消失將被主世界抹殺。〕

〔任務：掠奪石田手中的股份，大鬧聚會。〕

第四章　我是你的心上人

楚楚覺得奇怪的聲音對自己有誤解，她明明有文化、懂禮貌，怎麼會做出掠奪股份、大鬧聚會的事情，她是有道德的人！

石田見楚楚不上鉤，更堅信她水準不佳，不由惡言相向，妄圖激怒她：「妳沒有這麼膽小吧？」

張嘉年看石田越發過分，他率先出面，進行官方解釋：「楚總現在名下並無齊盛的股份，恐怕要讓石先生失望了。」

楚彥印當時只給楚楚創業用的鉅款，並沒有將齊盛的股份轉到她名下。雖然楚楚在銀達投資中的股權占比是百分之百，但公司規模跟時延餐飲不同，也不適合拿上桌當賭注。

「你們在聊什麼呢？還提到股份了？」

年輕人們的吵鬧同樣吸引了貴婦們的注意，她們在笑聲中走來，好奇地打量著石田和楚楚的對峙。林明珠抱著貴賓犬，跟其他太太們站在一起，聽周圍人講述剛才發生的事情。她在得知來龍去脈後，不由目光一閃。

牌桌邊的人越來越多，反倒讓石田的腰桿挺得更直了，他大方道：「沒關係，妳最近不是投資了一間遊戲公司嗎？用光界娛樂的股份也可以！」

楚楚垂下眼，看著石田胸有成竹的樣子，若有所思道：「你還挺了解我司的業務啊？」

石田似乎早有準備，連她有什麼股份都知道。

「石田，你居然敢拿公司的股份去賭？」石夫人本來抱持著看熱鬧的心態過來，沒想到故事的主角竟是自家兒子，頓時怒不可遏，「你想被你爸扒皮嗎！」

石田見母親當眾發飆，一時有些沒面子。他想起黃奈菲的囑咐，硬著頭皮叫道：「媽，妳就別管啦！」

「哎呀，都是孩子間的玩鬧，沒什麼大不了的。」林明珠輕笑了一聲，竟然也[illegible]來，「楚楚，妳贏了人家那麼多東西，現在收手也不合適啊！」

林明珠聽聞楚楚牌技不好，做賭注的股份又跟齊盛無關，自然趕著上前攛掇楚楚，讓她丟臉，生怕事情鬧得不夠大。

楚楚聞言，饒有興趣道：「哦？聽後媽的意思，是建議我跟他玩一局？」

林明珠頭一次聽楚楚如此稱呼自己，內心像是不小心吞下蒼蠅，卻只能在眾人面前佯裝母慈子孝，笑道：「我當然是希望妳贏啊。」

楚楚沒想到，所有人都在各有目的地慫恿她跟石田打牌。奇怪的聲音是為維護「霸道總裁」光環，林明珠則是想讓自己出醜，石田的動機似乎也不單純。

張嘉年小聲詢問道：「不如我現在打電話給董事長……」

他覺得將股份擺上桌太過離譜，生怕楚楚心氣上來，在眾人面前強撐面子，非要跟石田硬碰硬。

「還沒上桌就叫把爸爸叫來，肯定會被他們嘲笑。」楚楚心裡清楚，現場人太多，要是她一味回絕，反倒騎虎難下。

張嘉年實在沒辦法，他總不能看著她慘敗，最終只好悄聲提議道：「不然您上桌吧，我私下給您一些……提示。」

楚楚詫異地轉頭，不可思議地感慨：「張總助，我沒想到你是這種人……」

楚楚覺得他往日正直嚴謹、光風霽月，果然人不可貌相，他還能有這種主意？

張嘉年略有點窘迫：「您要是覺得這個做法不好，那就算了……」

「好，怎麼會不好？」楚楚嚴肅道，「這就是當年地下情報員的大義之風，是一種信念的傳承！」

張嘉年：「……」

「你們在嘀咕什麼呢？到底有沒有膽子玩？」石田揚起下巴，得意道，「如果妳非要認輸，現在向我道個歉，這件事就算是過去了！」

石田挑釁意味十足，其他人聽了都微微變臉，偷偷打量楚楚的神色。

她的表情倒是雲淡風輕，緩和道：「既然後媽都想看我玩，我總得盡孝[illegible]她老人家開心。」

林明珠：「……」

林明珠敏感的神經碰到「老人家」三個字後，恨不得當場炸毛，跟楚楚翻臉。其他人卻還煽風點火，打趣道：「明珠啊，妳看看，還得是妳出面才有用，果然是個好女兒！」

「呵呵，她有心了……」林明珠乾笑起來，努力不失風度。

楚楚竟還滿臉孺慕之情，飽含深情地望著她，繼續補刀：「我最喜歡在早上的時候，喝後媽燉的湯，要是我贏了，後媽能不能幫我燉一個禮拜的湯？」

「哈哈，這還不容易，要是妳贏了，明珠大概會燉一個月的湯！」周圍的人立刻起鬨，「讓她幫妳送到公司去！」

林明珠聽到楚楚的要求，只想大罵「燉妳媽」，又覺得好像在變相辱罵自己。大宅和銀達間的車程要兩小時，公司九點上班，楚楚還要在早上喝湯，這是打算讓林明珠幾點起床下廚？

林明珠發現楚楚變得越發可惡，她以前只會撒潑大鬧，現在還能笑裡藏刀地噁心別人？

林明珠望著楚楚虛偽的嘴臉，僵笑道：「我怎麼不知道，妳喜歡喝我燉的湯？」

她根本不回家吃飯，什麼時候喝過見鬼的湯！

楚楚眨眨眼，大言不慚道：「喜歡啊，後媽的承諾就是我打牌的動力。」

眾人紛紛大笑起來：「好好好，我們幫妳作證！」

楚楚終於在眾人的簇擁下，半推半就地坐在桌邊。張嘉年站在她身後，先簡單為其介紹每張牌的作用，開口道：「這是 Wild Draw Four，又稱王牌，可以讓下一個人罰抽四張……」

楚楚了然地點點頭，她剛才旁觀幾局，大概明白遊戲規則，只是還沒實際玩過。

石田看她滿臉茫然的初學者狀態，更是放下心來，大度道：「放心，只要妳的點數比我高，就算妳贏！」

張嘉年剛才殺得其餘三人抬不起頭，每輪都是首勝者，所以根本不用進入點數計算環節。顯然楚楚沒有這種能耐，石田便放話兩人用點數對決。

四人開始摸牌，石田和楚楚還是上下家的關係，戰火簡直一觸即發。

黃奈菲看張嘉年坐在楚楚身後，不禁溫聲道：「張先生還是站遠一些，不然被人誤會作弊就不好了。」

張嘉年目光微閃，他同樣露出禮貌的笑容，毫不客氣道：「黃小姐是住海邊嗎？不如早點回去，別在這裡看牌了？」

黃奈菲一驚，不料張嘉年如此毒舌，明明石田剛才對他出言鄙薄，他都沒有反應。

「別招惹他。」南彥東則見怪不怪，出言規勸道。張嘉年在學校裡比現在還要鋒芒畢露，那時的他是沒有刀鞘的利刃，現在卻成為認主的寶刀，只在關鍵時刻出擊。

黃奈菲聽南彥東幫其說話，更是心感不服。她不動聲色地站在張嘉年旁邊，打算緊盯他和楚楚之間的小動作，妨礙他們作弊。

張嘉年安靜地站在楚楚身後，似乎並無動作。黃奈菲隨便瞟了楚楚的牌面一眼，頓時大吃一驚，驟然明白張嘉年鎮定的原因。

楚楚居然摸了一手好牌，這還要繼續嗎，傻子都能贏！

如果是一局定勝負，石田已經輸了！

「對了，我們是三戰兩勝嗎？」黃奈菲佯裝不知情，出言問道，「剛才好像沒說？」

楚楚淡然道：「隨便。」

石田隨口道：「那就三戰兩勝，別說我欺負她！」

楚楚是第一次玩，她的打法跟張嘉年的保守反擊派不同，走的是莽撞進攻路線。因為規則表明可以同時打出多張「Draw Two」，楚楚一開始就打出三張，挑眉向石田示意：「抽吧。」

石田暗道她運氣真好，他委屈地抽了六張牌，下定決心要一雪前恥。

但他萬萬沒想到，楚楚手中有無數張功能牌，就連作弊都沒這麼誇張！

石田甚至沒機會翻轉出牌順序，只是不斷遭到加二、加四、加六的暴擊。

楚楚沒打幾輪，便僅剩一張牌，抬頭道：「ＵＮＯ。」

石田極為不爽，挑釁道：「妳不過是運氣好，再來！」

楚楚摸了摸耳朵，輕輕地笑了：「總覺得剛才有人說過類似的話？」

石田在輸掉現金和豪車前，好像也對張嘉年說過同樣的話。

他不信邪，楚楚的打法毫無技巧可言，明顯是初學者水準，她肯定只是第一局手氣旺！

張嘉年本來還擔心楚總受挫，卻沒想到自己英雄無用武之地。她在遊戲上的運氣似乎奇好無比，前有無限金幣十八連擊，現在又頻頻抽到好牌。

黃奈菲看著楚楚第二場開局就拿到四張王牌，只覺得天旋地轉，眼前一黑！

遊戲過半，石田也發覺不對，不由瞪大眼睛，出言質疑：「妳作弊！」

「話可不能亂說，大家都看著呢……」楚楚當即不滿，她被人圍得嚴嚴實實，哪有機會作弊？

她不由冷笑：「我都沒說你們三個串通好了，你還敢汙衊我？」

石田暴怒道：「那妳怎麼會有這麼多功能牌，這不合理！」

楚楚面露不屑：「我幸運啊，不行嗎？」

石田：「……」

楚楚上次就發現，她擁有的「魚塘塘主」稱號，似乎會對遊戲運氣有加成。這些幸運值在日常生活中毫無作用，不能讓她隨地都可以撿到錢，只能在玩遊戲上生效。明明夏笑笑跟遊戲沒關係，楚楚也不明白稱號的應用機制是什麼？

楚楚再次打出王牌，繼續發起「加四」攻勢，澈底激怒石田。

石田大聲道：「我要提出質疑！」

楚楚好奇地轉頭，詢問張嘉年：「什麼意思？」

張嘉年解釋道：「他懷疑妳出牌違規，要求妳將牌面展示給他看。如果是合理出牌，他就要多抽兩張，共計六張牌。」

「哦，你看吧。」楚楚坦然地露出牌面，她手握的好牌，差點沒閃瞎石田的眼睛。

石田毫無意外地再次慘敗，不由氣急敗壞：「這怎麼可能，我要重新洗牌！」

全場的好牌幾乎都掉進楚楚的手裡，其他三人居然難見一張功能牌，這也太離譜了！

「本來就懶得跟你玩，現在又要反悔賴帳？」楚楚聳聳肩，看不慣對方輸不起的樣子，火上加油道。

「妳說什麼？」石田氣得猛地撲上前，想要拉扯楚楚。

張嘉年適時地邁步上前，他面露寒霜，攔住憤怒的石田，皺眉道：「石先生，請您注意分寸。」

石田本想推開張嘉年，沒想到對方巍然不動，自己倒在反作用力下踉蹌幾步。楚楚從張嘉年身後探出頭，囂張地揚起下巴：「輸不起就要動手？」

楚楚心道，她的扳手可不是用麵團捏的！

雙方一時劍拔弩張、矛盾激化，周圍的人小聲道：「好了好了，大家各退一步……」

「輸不起就走，別在我家的地盤上逞凶鬥狠，誰稀罕你的股份！」楚楚嗤笑道，明明在推她上場時囂張得很，現在卻要雙方各退一步？

石田像是被人踩中尾巴，生氣地揮舞著拳頭，像是被嘲諷和怒火沖昏頭。

「夠了！」門口傳來了楚彥印嚴厲的聲音，他突然到來，望著一團亂的場面，不悅道：「你們在胡鬧什麼？」

楚彥印本來提早結束事務，想要回來查崗，看看楚楚是否信守諾言，沒想到一進門就看見亂糟糟的狀況。石田和楚楚恨不得要打架，他甚至偷瞄到她想去握紅酒瓶，當作幹架武器！

楚董的出現瞬間穩定住混亂的局面，他走到桌邊，鷹目一睃，質問雙方：「事情的起因是什麼？」

楚楚神色泰然，大言不慚地立刻回答：「起因是我想喝林阿姨燉的湯。」

林明珠：「？」

林明珠：原來還能這樣飛來橫鍋？妳怎麼不從盤古開天地說起？

林明珠實在沒想到，她本來只是看熱鬧，卻因為楚楚的一句話，瞬間淪落成議論的對象。楚彥印心生狐疑，他不快地望向林明珠，斥責道：「她想喝湯，妳就燉給她喝，在這裡胡鬧什麼？」

楚彥印著實不明白，難道楚楚和石田真的是因為一碗湯就翻臉打架？

林明珠抱著貴賓犬，面對楚彥印的責怪，在心中怒罵惡人先告狀的楚楚，面上卻僵笑著辯解：「只是孩子們在鬧著玩，跟湯的關係應該不大……」

南彥東出面做和事佬，解釋道：「楚叔叔，您別生氣，他們是在玩牌打賭，燉湯只是賭注。」

「是啊，楚楚就是想討明珠開心，跟石田玩一局而已。」其他人附和道。

林明珠：你們是拿了她的錢吧？能不能別再提湯了！

林明珠簡直啞巴吃黃連，有苦難言，她覺得其他人都是楚楚的網軍，不然怎麼都在扯這些細枝末節？

她看向楚彥印，試圖辯解：「親愛的……」

「待會兒再跟妳算帳！」楚彥印不耐煩道，他看著互不服氣的楚楚和石田，只覺得頭痛欲裂，乾脆詢問明理之人，「嘉年，你跟我解釋一下，到底是怎麼回事？」

張嘉年神色鎮定，娓娓道來：「董事長，石先生邀請楚總打牌，楚總剛開始婉拒，讓我代她上桌。前三局下來，石先生輸掉一些賭注，便有些不快，又強求楚總上桌。楚總推辭不過，僥倖贏了兩局，沒想到石先生發怒，雙方言語便有些過火，確實不是什麼大事。」

楚彥印眉頭微凝，又看向石田，問道：「是這樣嗎？」

石田在威嚴的楚彥印面前不敢囂張，他的嘴唇動了動，沒有出言否認，卻總覺得張嘉年的闡述有哪裡不對？雖然邏輯通順，卻好像省略很多細節，明明楚楚的言辭也很挑釁？

黃奈菲狀似無心地笑道：「聽起來不像大事，只是賭注有點大。」

「賭注是什麼？」楚彥印問道。

「石田說要拿時延餐飲的股份做賭注，讓楚楚也拿出自己的股份……」周圍的人怯怯地說道。

楚彥印聞言，差點當場心肌梗塞，他覺得自己的太陽穴正在猛跳，完全不知道該如何處理此事。如果楚楚真的拿走時延餐飲的股份，兩家的交情會澈底決裂，拼都拼不起來了。

楚彥印後悔不已，覺得自己百密一疏，就不該讓她來。她能一扳手擊垮南家，當然也能靠打牌和石家撕破臉。

楚彥印看到楚楚理直氣壯的表情，更是氣不打一處來，率先發怒道：「我讓妳來是跟大家聚聚，妳怎麼又鬧出這種事情？」

如果是往日的楚楚，現在必然會出言頂撞楚董，非得跟他胡扯得天翻地覆。沒想到她卻難得示弱，在眾人面前似要泫然欲泣，委屈道：「我都說了不玩的。」

楚彥印看她可憐的樣子，頓時滿臉茫然，他本以為她會當場炸毛，沒料到是這種反應。

楚楚佯裝失落，繼續控訴：「別人家的小朋友都有自家股份，只有我沒有，我當時就說我不玩的……」

石田都有時延餐飲的股份，她卻沒有齊盛的股份，實在太傷自尊了。

楚彥印：「……」

張嘉年看楚楚眼眶泛紅，眼眸中閃爍著隱忍的波光，他竟然有些猶豫，不知道她是演技逼真，還是真情流露。雖然她的言辭有些氣人，但自始至終確實不是挑起事端的人。楚彥印直接指責楚楚，頗有失公允。

張嘉年提議：「董事長，我覺得也該聽聽楚總的解釋。」

楚楚立刻順勢而為，悵然道：「他怎麼會聽我的話？每次都是直接罵我……」

眾人同情地望著楚楚，同時向楚彥印投去不贊同的眼神，有人勸道：「楚董，家教甚嚴沒錯，但也別把孩子逼得太緊了。」

楚彥印：「……」

楚彥印覺得她已經了解了輿論行銷，現在都能靠外界言論來施壓父親了。

楚彥印擺擺手，頭痛道：「股份的事情一筆勾銷，實在是胡鬧！」

楚楚早料到股份的事不可能有效，所以當初懶得下場。楚彥印如此重視人脈面子，怎麼可能容許她做此等大逆不道之事？她當時就明白，即便贏了也不一定拿得到股份。

石夫人出面調停，公正地說道：「楚董，我知道您是怎麼想的。我們願賭服輸，既然石田敢把股份擺上桌，我們肯定不會賴帳。」

「大家都是朋友，又是證人，石家和時延都丟不起這個臉。」石夫人環顧一圈，擲地有聲道，「我想老石也不會出爾反爾。」

石田驚叫道：「媽，妳怎麼能這樣，我會被爸打死的！」

「哼，現在知道怕了？」石夫人冷笑道，「要是能讓你學到教訓，這股份輸了也值得！」

楚彥印為難道：「這會讓我沒臉再見石董……」

石夫人的性格倒是爽利，大氣道：「楚董，要是我們今天賴帳，我才是沒臉再見各位了。」

「楚楚，妳過來。」石夫人朝楚楚招招手，露出和煦的笑容。

楚楚看對方如此熱情，一時無所適從，不過她還是走了過去。石夫人把她拉到桌邊，又把不情不願的石田叫過來。石夫人看向旁邊，出聲道：「誰來擬定合約？現在就辦手續吧。」

楚楚竟有種過年被長輩塞紅包的感覺，連忙道：「阿姨，真的沒關係……」

她嘴上這麼說，心裡卻想著：謝謝阿姨，請多塞一點。

石田嚇得失魂落魄，語氣中夾雜著哭腔：「媽，妳是認真的嗎？我錯了，妳饒了我好不好？」

石夫人對他的哀求置若罔聞，她冷聲道：「有所失，才能有所悟。」

楚楚和石田在石夫人的見證下，順利完成股份交接。

〔恭喜您完成任務，「霸道總裁」光環已加強。〕

眾人看完熱鬧後也開始陸續告辭。到了散場的時候，楚彥印送石家一行人出門，看著端莊的石夫人和怨憤的石田，無奈道：「真沒想到會發生這種事，如果您和時延以後有需要幫忙的地方，請儘管跟我說……」

楚楚可以不管不顧地收下股份，楚彥印卻不能做出這種事。既然石夫人出面給了股份，楚彥印作為家長，當然也要進行善後，在其他方面彌補時延。

石夫人笑道：「楚董不用客氣，本來就是孩子們的玩鬧。楚楚和石田的年齡相差不大，就當不打不相識，交個朋友好了……」

楚彥印：如果只是交朋友，需要做到送股份的地步嗎？

楚彥印從石夫人的話中讀出其他意思，只是客套地笑了笑。

石夫人見他不言，又婉言道：「您也別老是讓楚楚忙於工作，搞得她連碗湯都喝不到。您要是忙，就讓她來我家坐坐，我們隨時歡迎。」

「她個性衝動，又愛鬧脾氣，實在怕打擾……」

「我看還行啊？」石夫人掩嘴笑道，「聽說她常去泉竹軒？那還不如來我家裡呢。」

「呵呵，您客氣了。」楚彥印皮笑肉不笑道，他萬萬沒想到，不孝女還能被人相中。

石夫人打著如意算盤，要是某天兩家聯姻，不僅輸掉的股份會回來，還成就了一樁好姻緣。

楚彥印可不敢貿然答應這種事情，萬一她提著扳手把石家砸了，那才真是無力挽救。

屋內，楚楚見其他人都離開，立刻懈怠地癱在椅子上，抖了抖手中的合約。

張嘉年坐在旁邊，用沉水似的眼眸望向她，小聲地問道：「您剛才是真的哭了嗎？」

楚楚低頭檢查合約，隨口道：「當然不是，我怎麼可能會哭？」

張嘉年無言，他早該料到，楚總心如磐石，大概全是演技。

楚楚反應過來，抬頭笑道：「你以為我真的哭了？」

張嘉年瞟她一眼，淡淡道：「畢竟我也不是第一次被妳欺騙了。」

張嘉年時常被她耍得團團轉，居然已經習以為常。

「不要把話說得這麼難聽嘛。」楚楚不要臉地湊上來，笑嘻嘻地說道，「要是張總助真的很想看，我也可以勉強擠出幾滴眼淚，好歹當年上過表演課。」

張嘉年：這肯定是鱷魚的眼淚吧。

他捕捉到新資訊，不由狐疑道：「您以前還上過表演課？」

張嘉年：等等，說好的異界修士呢？怎麼還學表演？

楚楚發覺自己得意忘形，竟一時失言。她將合約遞給張嘉年，不由岔開話題：「你幫我收著吧。」

張嘉年接過合約將其收好，卻還是直直地望向她，質問道：「您沒有別的話想說嗎？」

真真假假，假假真真，她的話簡直沒一句可信，這次難得露出馬腳。

楚楚在他明澈的目光下無所遁形，她遲疑片刻，眨了眨眼道：「張總助真好看？」

張嘉年：「……」

他頓時有種火燒似的赧意，又在她的胡言亂語中亂了陣腳。

楚楚看他彆扭地側開臉，發覺此招有效，故意湊過去重複道：「張總助真好看。」

張嘉年這次直接背過身，選擇面壁，連看都不看她。

楚楚越發得意，語氣更為真摯：「張總助真好看！」

「……夠了。」他不自然地悶聲道，盡力壓抑過快的心跳，想要掩飾微微發紅的耳根。

「不夠。」楚楚搖了搖頭，振振有辭道，「真理就該被當作標語寫在牆上！」

張嘉年：「……」

楚彥印送走眾人後回到大宅屋內，緊急召開家庭內部會議。參與會議的人員有楚彥印、楚楚、張嘉年和林明珠，話題圍繞在聚會上的賭博亂象，展開激烈的批判與自我反省。

楚楚懶洋洋地撥弄著餐盤中的水果，眼見楚彥印開始訓斥另外兩人。

「她胡鬧就算了，你們也跟著她鬧？」楚彥印氣不打一處來，「為什麼當時不攔著她？」

張嘉年無言以對，他立刻發動自己的路人甲技能，沉默地把自己融入背景裡。林明珠為難地笑笑：「當時氣氛上來，我們就只當孩子們是鬧著玩……」

「她是個孩子，難道妳也是嗎？」楚彥印聽到林明珠的辯解，當即勃然大怒，「她要喝湯就直接燉，怎麼還攛掇她上賭桌？讓她把家產敗光，我看妳就高興了？」

林明珠：怎麼又扯回燉湯，這個梗什麼時候才會結束？

張嘉年覺得林明珠是脫離職場太久，老闆發火罵人的時候，閉嘴聽聽就好，怎麼還辯解起來？下屬一找藉口，上司大都怒氣更甚，這場批評大會就會無限延長，沒有結束的時候。

果不其然，楚彥印瘋狂斥責一通，最後讓三人回去反省，同時要求林明珠遵守約定，幫楚楚送一個禮拜的燉湯。誰叫事情的起因是罪惡之湯？

楚彥印發完火，便回屋休息。林明珠看他離開，面對楚楚和張嘉年，瞬間變了臉色，冷笑道：「哼，現在妳滿意啦？居然還把我牽扯進來，我真是低估妳了。」

楚楚看著對方的兩副面孔，拿起手機，輕鬆地晃了晃：「我剛才開了錄音，不然我們一起上去，讓老楚聽聽妳刻薄的語氣？」

林明珠大驚失色，咬牙道：「……妳居然還錄音！」

「老闆開會當然要錄音，怪不得妳爬得不夠快。」楚楚風輕雲淡地走上前，看林明珠面如薄紙，乾脆伸手拍了拍她的臉蛋，警告道，「後媽，妳以後對我客氣一點，我們彼此都別惹事，不好嗎？」

林明珠的臉被楚楚微涼的手指拂過，身體下意識一抖，她的眼神有點驚魂未定，卻仍嘴硬道：「別以為妳能得意多久……啊！」

張嘉年聽到林明珠的驚叫聲，還以為楚楚忍不住動手。他剛要上前制止，卻發現楚總只是把林夫人的臉拉成鬼臉狀，然後揉來揉去。他見狀後鬆了口氣，又莫名覺得有點……好笑。

楚楚捏著林明珠的臉蛋，往兩邊一扯，感慨道：「嘖嘖，妳怎麼就改不了這個壞習慣，老愛說一些惡毒女配角的臺詞？」

楚楚實在是恨鐵不成鋼，怎麼會有人急著想當惡毒女配角，平淡地活著不好嗎？

林明珠氣得炸毛，卻又掙脫不了她，含糊不清地惱怒道：「泥縮森麼……」

「以前看妳長得漂亮，所以懶得跟妳計較，可別得意忘形了。」楚楚笑了笑，輕飄飄道，「就算妳把我趕出大宅，又能怎麼樣？」

女配角原身無法忍受林明珠，果斷搬出去自己住，但不代表楚楚對林明珠沒辦法。

「我離開這個家，照樣開公司、拿股份，妳守著大房子，也沒見妳發財啊？」楚楚毫不客氣地蹂躪完林明珠的臉蛋，隨即輕鬆地拍拍手，「人貴有自知之明，妳是爭不過我的，不是妳能力不行，是老楚根本不信妳。」

這個道理很簡單，任憑你能力出眾、才華過人，只要不受上司重視，就很難有用武之地。其他人還能跳槽升官，林明珠卻挑了一條很難跳槽、換崗位的路。

楚楚以前沒把林明珠放在心上，但她這次跟著外人起鬨，想讓自己出醜，可就有些過分了。

林明珠終於被她放開，氣憤地摸了摸自己被揉紅的臉，顫聲道：「妳、妳胡言亂語什麼……」

「我在聚會上讓妳難看，為什麼沒人幫妳說話？」楚楚嗤笑道，「說到底，妳什麼都不是，沒有楚家的標籤，就無人問津。」

楚楚雖然是個紈褲子弟富二代，外界名聲極差，但只要她還握著實權，別人就不會去招惹。林明珠就算表現得端莊優雅、秀外慧中，但她沒有屬於自己的產業，便永遠只能贏得表面的尊重，沒辦法帶給旁人實際價值。

林明珠臉色發白：「妳敢當著妳爸的面這樣說嗎？」

「敢啊，為什麼不敢？」楚楚懶洋洋地聳肩，「我都對他說過更過分的話了，現在還不是照樣活得好好的？」

「一朝天子一朝臣，後媽該對我好一點，起碼別在外人面前讓我難堪。」楚楚露出滿分的微笑，溫柔道，「否則這次妳是鐵鍋燉湯，下次就是鐵鍋燉自己了。」

林明珠看著她魔鬼般的笑容，只恨楚彥印怎麼不在這時候下樓，好看看她的真面目！

林明珠見張嘉年側身假裝木頭人，更是怒不可遏：「張嘉年，你就眼睜睜地看著她欺負人，連句話都不說？」

張嘉年本著「非禮勿視，非禮勿聽」的態度，低頭恭敬道：「林夫人，我實在不好過問楚董和楚總的家事。」

張嘉年覺得，一是他不好插手這種事，二是楚總確實沒有過分之舉。她不過是嘴炮兩句，加上動手揉臉，的確沒什麼惡意。

周圍的傭人們早就遠遠地走開，更不敢在此地多留，跑到別處避風頭。

楚楚看林明珠面露驚恐，配合地露出邪惡神色，威脅道：「妳叫啊，就算妳叫破喉嚨，也不會有人來救妳的。」

張嘉年：好吧，這句勉強像是惡意的？

〔恭喜您完成隱藏任務，「霸道總裁」光環已加強。〕

〔隱藏任務：恐嚇擁有「惡毒女配角」光環的人物一次。〕

楚楚教育完林明珠，帶著張嘉年轉身欲走。林明珠剛鬆一口氣，卻見她折返回來，淡淡道：「對了，還有一件事……」

「妳以後別擦那麼多粉，上年紀還是以保養為主。」楚楚嫌棄地搓搓手，抱怨道，「蹭得我滿手都是。」

林明珠：「……」

楚楚帶著張嘉年揚長而去，其他人則趕緊攔住想暴怒打人的林明珠，勸道：「夫人，忍一時風平浪靜……」

另一邊，《贏戰》在齊盛集團全員的廣告轟炸下，終於迎來首日公測。《贏戰》的首日註冊用戶遠超《縹緲山居》，雖然遊戲的勢頭很好，但秦東等人卻不敢鬆懈。遊戲團隊推出各類開服活動，還對電腦版老玩家進行召回，向曾經的大神玩家們傳送郵件。

《贏戰》團隊在商議後，決定推出全服活動，衝擊新註冊用戶的數量，便聯絡上楚總，拜託她配合。

「我是可以上線，但我沒辦法跟那麼多玩家互動吧？」楚楚聽完秦東的主意後一愣，不免提出疑問。

《贏戰》希望楚總可以在全服活動當天上線，吸引更多玩家湧入，並跟他們在線上完成互動。

秦東撓撓自己的捲毛，解釋道：「我們會幫您準備一個特殊帳號，職業是遊俠，您的血量會是普通玩家的十倍，同時擁有兩倍攻擊力。除此之外，您的各項玩法跟其他玩家一樣，不過會有專門前來討伐您的玩家小隊，用這種方式完成互動……」

楚總上次使用遊俠，完成無限金幣十八連擊，導致團隊後續直接修改職業技能，限定遊俠的最高連擊數為十次。秦東等人這次索性讓楚總以一斬百，設定全服玩家討伐她。

楚楚面無表情道：「說了那麼多，你就是要讓我當 BOSS 吧。」

什麼十倍血量、兩倍攻擊，她仔細一想，這不就是 BOSS 嗎？

秦東被她戳破，乾笑道：「您要這麼理解，也不是不可以……」

楚楚看了看他們的活動策劃，感覺還算有趣，又問道：「那你怎麼向玩家證明是我在玩，而不是其他人代打？」

秦東推了推眼鏡，解釋道：「我們已經聯絡奇炫ＴＶ，在活動日當天為您開設專屬的直播平臺……」

遊戲團隊早有準備，在各個方面籌備得極為完善。

「你們把我賣得挺澈底的啊？」楚楚不怒反笑，「梁禪知道這件事嗎？」

「梁總知道，所以他今天不敢來見您了。」秦東立刻出賣老闆，又苦苦地說道，「楚總，您稍微配合一下，《贏戰》首月新增的數據才會比較漂亮，不然廣告都白打了。」

遊戲團隊都已經使出千方百計，想將新玩家留下，楚楚著實不好拒絕，畢竟是自己投資的專案。

銀達投資內，張嘉年像往常一樣開完例會，他看到手機上的郵件提醒，不由微微一愣。張嘉年回到辦公室，坐在電腦前思索片刻，終於登錄自己的私人信箱，點開最新的郵件。

寄件者：《贏戰》手機板

親愛的超神玩家ＶＩＲ：

經年不見，甚是想念。

全新手機版《贏戰》，重燃巔峰時刻，誠邀您激戰荒野，續寫不敗傳奇。

我們為您保留曾經的經典ＩＤ名「ＶＩＲ」，以表尊敬。

您可在手機版「創建角色」頁面，輸入以下代碼，綁定限定版ＩＤ。

《贏戰》手機版的郵件像是一封來自過去的信，在張嘉年平靜無波的生活中濺起小小的漣漪。他沒想到多年後能再次看見年少時期的理想，心中反而平靜下來，像是在旁觀其他人的故事。

ＶＩＲ對於現在的他來說，變得太陌生了。

張嘉年打開《贏戰》手機版，將ＩＤ代碼綁定。他看著創建角色的頁面，一時沒有頭緒，最終選擇默默地退出。他已經逐漸跟那些遙遠的夢告別，展開全新的生活，心中沒有遺憾，更多的是感慨。

張嘉年看著畫面上的「ＶＩＲ」，他思索片刻，關掉了遊戲。

既然是過去的回憶，倒不如就此珍藏。

另一邊，楚楚雖然知道《贏戰》團隊針對活動做出很多有趣的策劃，但她萬萬沒想到，自己居然還被懸賞。

活動頁面赫然寫著「首殺楚總可領取賞金九千九百九十九元，最高輸出者可領取八千八百八十八元，最高傷害者可領取七千七百七十七元，最高治癒者可領取六千六百六十六元。」

如果說遊戲活動剛開始還只是吸引玩家，現在公布真金白銀的擊殺獎勵，無數八卦群眾便立刻下載遊戲，火速趕往戰場。

霧霾天好悶：『遊戲團隊裡絕對有楚總的黑粉，不然手段不會如此歹毒（doge.jpg）。』

濃煙：『你們還不趕緊護駕！@銀達投資@齊盛集團@楚總全球粉絲後援會。』

小竹嗚嗚：『楚總，我們商量一下，妳把首殺讓給我，我們賞金對半分（doge.jpg）@楚楚。』

波波糖：『這遊戲需要等級嗎？現在下載還能追上進度嗎？看到賞金突然想玩！』

超能遊俠怪：『不用追進度，每局遊戲等級都會更新，基本上看操作，菜鳥殺老手也常見。』

火焰妖嬈：『《贏戰》手機版的宣傳力度好可怕，如果當年的電腦版也有這份實力，早就紅遍全球，舉辦電競比賽了。』

迎春花：『全能VIR，神仙鬼畫焰，鞭炮俠達令，玲瓏堡壘彪，毒料理法法，我的時代不會過去，我的時代終將過去（淚.jpg），《贏戰》最終還是活下來啦。』

云云：『別說了，身為老粉的我都快哭了，早年的大神們還會回來嗎？永恆虛像VIR！』

線上，網友們正真心實意地懷念曾在《贏戰》呼風喚雨的大神玩家；線下，古早級的超神王者張嘉年卻深藏功與名，正敲門幫楚總送奶茶。楚總最近被奶茶深深吸引，經常以夏笑笑或王青的名義訂外送，用這種奇妙而美味的液體愉悅自己。

楚楚不敢用張嘉年的名字，原因很簡單，他天生就對奶茶抱有敵意，一旦被他發現，少不了一頓嘮叨。

張嘉年聽到她在屋內應聲，他推門進屋後，忍不住規勸：「楚總，我建議您還是不要常喝這種飲料，裡面有過量的咖啡因和反式脂肪酸……」

張嘉年像往常一樣，才剛開口教育，便看到楚楚正以奇怪的姿勢趴在地上，她窩在辦公桌下，不知道在幹什麼。

「……您在做什麼？」他看著姿勢不雅的老闆，艱難地開口。

楚楚自然地站起身，她拍了拍衣服，解釋道：「直播有聲音沒畫面，我看看怎麼回事。」

張嘉年聞言，鬆了口氣：「如果有問題，您讓我們來處理就好了。」

張嘉年心道，他一進屋就看到有個人趴在地板上，誤以為是命案現場，嚇了一跳。

奇炫TV的直播頁面，網友們對著黑漆漆的畫面怒洗彈幕。

『為什麼沒畫面啊？難道網路卡住了？人呢？』

『楚總：只有聰明的網友才看得到我。』

『我靠，剛才的反式脂肪酸論好熟悉，我還以為我媽進屋罵我了。』

『楚總幾點上線？』

『小哥的聲音真好聽（羞.jpg）。』

『楚總在家直播？怎麼還有別人？』

張嘉年在一旁協助楚楚搭建設備，眼見直播平臺上出現畫面，他便小心地退到一邊。楚楚看他躲到角落裡，不由心生疑惑：「你跑那麼遠做什麼？」

張嘉年不太想出鏡，他把奶茶放到桌上，便轉移話題打算溜走：「您先忙，有事再叫我就好。」

「正好，現在就有事。」楚楚順理成章地接過話，茫然地求教，「這個遊戲要怎麼玩？」

張嘉年：「……」

張嘉年沒有辦法，他好脾氣地進行教學，逐步指導道：「您先進入創建角色的頁面，因為是特殊帳號，按照秦東當時給您的步驟登入。全服活動是九十分鐘的競技模式，您選擇好後就可以開始，其他遊戲內容和封測時差不多。」

楚楚根據他的引導，按部就班地登入遊戲，她看著閃退的畫面，又問道：「這是什麼意思？」

張嘉年看了螢幕一眼，解釋道：「線上玩家太多，您被踢出伺服器了。」

楚楚：「？」

『哈哈哈，遊戲團隊出來挨打！你家 BOSS 被擠出伺服器了！』

『楚總的臉上寫滿疑惑。』

『我的目光完全被桌上的奶茶吸引，好想喝，現在就訂。』

《贏戰》遊戲內，眾多玩家滿懷期待地等待楚總上線，卻遲遲不見 BOSS 降臨，只能像無頭蒼蠅般滿場跑。此時玩家們都沒辦法在遊戲頁面進行升級，只能閒聊。

齊盛集團：『歡迎大家支援太子產業，為百億目標添磚加瓦。』

風風火火：『年少不知ＩＤ貴，早知道我取名為「銀達投資」。』

銀達投資：『哥不在江湖，江湖卻有哥的傳說。』

陳一帆老婆：『頂著公司ＩＤ打楚總，不會被扣獎金嗎？』

打嗝：『早知道我就用ＶＩＲ來註冊，還可以過過癮！』

小天宇：『大神們的ＩＤ都不能註冊，據說有專屬召回代碼，我試過了。』

眾人正熱火朝天地閒聊，終於看到遊戲畫面上出現鮮紅的文字提示。

系統：『特殊玩家「楚總」已上線，全服活動正式開始！』

系統：『本次活動共計九十分鐘，擊殺獎勵可在活動頁面查詢。』

楚楚好不容易擠進遊戲，她還沒站穩，便看到一群玩家朝她湧來。遊戲中，女遊俠拔腿就跑，或許是十倍血量的緣故，它的體型要比其他角色大一圈，遊戲ＩＤ是鮮紅的顏色，在畫面中格外醒目。

楚楚神情緊繃地盯著螢幕，恨不得將手機舉過頭頂，彷彿用這樣的姿勢，能讓她在遊戲中跑得更快一點。

張嘉年看著她的新手操作，他努力克制自己的遊戲本能，卻仍忍不住提醒：「其實您現在的戰力，比他們都強……」

遊戲剛開局，玩家們普遍沒有打怪升級，怎麼可能打倒十倍血量的楚總？

楚楚在他的提示下恍然大悟，她嘗試施放技能，果然橫掃一片，立刻對玩家們展開一面倒的屠戮。

女遊俠不但血量超群，而且還有雙倍攻擊力，傷害頗為驚人，簡直吊打其他玩家。女遊俠看到ＩＤ名為「齊盛集團」的炸彈人，直接將他一箭穿心，完成暴擊。

齊盛集團：『？』

小方：『哈哈哈，ＩＤ誤人，天生拉 BOSS 仇恨！』

子夏：『楚總的血量未免也太厚？遊戲團隊不能這麼拍老闆馬屁吧？』

女遊俠不但在玩家群裡放大招，還挑釁地跳來跳去，滿地圖自由地穿梭，看起來囂張得要命。

誰能擋我：『是可忍，孰不可忍，楚總快把欠我的九千九百九十九元結清一下！』

張嘉年本想早早離開，視線卻被《贏戰》的遊戲畫面吸引，變得邁不開步伐。他望著楚楚的操作，小聲地說道：

「您如果再不補兵，後期就打不動了。」

「太早放大招了，剛才是空包彈。」

「往上衝會被戰士黏住的。」

楚楚坦言道：「張老師，您讓我有種被盯著寫作業的感覺。」

他目不轉睛地盯梢，實在讓楚楚壓力山大。

張嘉年：「……」

張嘉年這才住嘴，壓抑自己想糾正她走位的衝動。

『畫面外的小哥真的很嚴格。』

『這是一對一線上直播指導如何打遊戲？』

『放肆，我楚太子想怎麼玩就怎麼玩，別人怎麼能質疑她！』

『小哥因為強大的求生欲，選擇沉默了。』

張嘉年的預測果然沒錯，玩家們逐漸升等，對楚楚的傷害越來越高，加上他們還有龐大的輔助隊伍，楚楚竟逐漸抵擋不住。畢竟她只有一個人，玩家們車輪戰地往上湧，任誰都扛不住。

楚楚剛開始憑藉超厚的血量和高攻擊力占上風，但隨著時間的推進，她只顧攻擊，忘了補兵，很快就被蜂擁而上的玩家磨得只剩皮，開始抱頭鼠竄。

楚楚感到不妙，當即現場求助，叫道：「張老師，張老師！」

張嘉年聽到她的稱呼，無奈地出聲：「……您有什麼吩咐？」

楚楚眨眨眼，乖巧道：「幫幫我吧？」

她瞬間忘卻自己剛剛還抱怨張嘉年的指點，在生死面前毫無原則地向大神低頭。

張嘉年在她的眼神攻擊下毫無辦法，他輕嘆了口氣，最終任勞任怨地接過她的手機，代為進行操作。

直播平臺內，網友們只看到男人用骨節修長的手接過楚總的手機。楚總便悠然地靠在椅子上，與高采烈地開始喝奶茶，懶洋洋地哼起小調，似乎置身事外。

『銀達的員工還得幫老闆玩遊戲？』

『BOSS 直播上班偷懶，推卸工作？』

『居然公然找代練，檢舉了。』

張嘉年接過手機，憑藉當年玩電腦版時積攢下的超強意識和走位，瞬間為女遊俠加持飛升效果。

遊戲內，到處亂蹦的女遊俠像是突然覺醒，起手就是三連跳加大招，直接對追擊的玩家們展開七連擊。炸彈人們遠端投放著高傷害彈藥，她卻靈敏地左右挪步閃開，反手一箭暴擊為首的玩家達令。

達令：『？』

呼啦圈：『我們的鞭炮俠上線了！儘管才剛出現就被抄了，哈哈。』

章魚小丸子：『楚總開外掛了？走位超強，打法堪比ＶＩＲ。』

橡皮擦：『連達令的炮都能躲開，她已經超越大神了吧？』

小朵：『你的楚總已經喝奶茶喝了五分鐘了，現在是代打。』

因為炸彈人的傷害特別高，女遊俠卡著走位，連續蹦跳兩下，用兩箭磨死目前最高輸出者達令，再次把對方送回出生點。

達令：『我被楚總針對了，嗚嗚嗚。』

無涯：『那天，達令回想起被ＶＩＲ支配的恐懼。』

法法：『你過來，我幫你補血。』

太陽能：『又有大神出現了！法法的語氣好寵溺！』

法法的職業是廚師，他才剛跑到達令身邊，想要幫對方加持護盾並補血，便遭女遊俠BOSS一箭爆頭。女遊俠下手毫不留情，直接一擊打死達令和法法！

達令：『……』

小腳丫：『你看我這支箭，適不適合射穿情侶？』

蓮花悠遠：『楚總之箭，專射大神。』

另一邊，楚楚正專心致志地吸著珍珠，為廣大網友直播暴風式吸食兩杯奶茶。

『請您動動自己的小手，不要請人幫忙寫作業。』

『楚總妳醒醒啊！這是全服活動，別改行做吃播！』

『這兩杯奶茶我請了，楚總快上線，把欠我的九千九百九十九元結清一下！』

『畫面外的小哥未免也太強？直接吊打大神，就連達令和法法都拚不過。』

『楚總的特殊帳號血量厚，讓我來玩，也可以玩到這種水準好嗎？』

『某些人不懂遊戲就閉嘴吧，三連跳放大招，有幾個遊俠會這樣玩？』

張嘉年代為操作二十分鐘，遊戲中的玩家們瞬間水深火熱，紛紛忍不住跑到直播平臺，嚷嚷著讓楚楚親自上陣。

門外突然響起敲門聲，王青滿含歉意地探頭進來，小心翼翼地說道：「楚總，不好意思打擾一下，光界的梁總打電話過來，想麻煩您親自上線遊戲，您看……」

『祕書姐姐做得好！快把畫面外的小哥帶出去！』

『抄作業被人發現了吧，哈哈哈。』

楚楚不滿道：「嘖，管得好嚴啊。」

張嘉年暴打完所有玩家後，將手機遞還給她，心平氣和道：「您先自己操作一會兒，其實如果沒有輔助，照這樣下去也撐不了多久。」

張嘉年說的是實話，他雖然可以打死輸出最高的玩家，但剩下的玩家們還是像蟻群一樣，消磨著女遊俠的血量。玩家隊伍裡有無數個建築師和廚師做輔助，女遊俠單槍匹馬地作戰，肯定撐不到最後。

楚楚長嘆一聲，她重新操作起女遊俠，無奈地嘀咕：「那該怎麼辦？現在才經過四十幾分鐘，感覺馬上就死掉的話，很沒有面子……」

全服活動是九十分鐘，楚楚覺得自己怎麼也得撐到快結束再死。

『等等？公然找代玩就很有面子嗎？』

『楚總給全服玩家一人發一萬，我們願意成全您的面子。』

『電子競技，菜是原罪，楚總認了吧。』

「如果只是想再撐一會兒，應該還可以。」張嘉年想了想，乾脆拿出自己的手機登入遊戲，確認道，「您特殊帳號的玩法應該跟普通玩家一樣？」

楚楚點點頭：「秦東說只有血量和攻擊力有做調整，也沒有創建角色的過程。」

「我輔助您吧，大概還能再撐一下。」張嘉年提議道，他隨手創建一個建築師，然後進入全服活動。建築師一落地，便刷起經驗值，順便往BOSS的方向趕去。

珍珠：『快訊！我在出生點看到VIR本尊！』

洛陽紙貴：『我好像也看到了，但是個建築師。』

VIR粉絲：『你們眼花了吧，大概是VIP或VLR？大神只玩遊俠。』

漂染怪：『真的是VIR，過去的大神們齊聚一堂，只為首殺楚總？簡直是誅神之戰！』

張嘉年一邊操控建築師，一邊指導楚楚發送小隊申請。因為全服活動是大亂鬥打BOSS，玩家們可以自由組隊，同隊玩家才能進行添加裝備、互相補血等操作。女遊俠掃蕩過的地方，都留下了遍地道具，只可惜普通玩家撿不了，楚楚自己的背包空間又不大，倒便宜了張嘉年。

建築師和女遊俠順利組隊，它順手撿走滿地裝備，挑挑揀揀一番，選了兩件穿上。因為每局遊戲的最高等級是二十等，女遊俠的大招隨手放倒一片玩家，便讓建築師等級暴增。建築師幫女遊俠加了個護盾，便開始建造房子，幫助它回血。

建築師的技能叫「海市蜃樓」，透過搭建房子為隊友添加各類buff，有的增加攻擊力，有的幫助持續回血。其他玩家必須打碎小房子，才能阻止建築師的輔助效果。

張嘉年上線做舔狗，瘋狂丟護盾和補血，瞬間減輕她的壓力，讓她得以喘息。

楚楚隨手將亂七八糟的小隊申請都拒絕，她看到遊戲畫面裡的交流區，不由心生疑惑：「為什麼大家在刷你的遊戲ＩＤ？」

張嘉年見怪不怪，隨口道：「可能是因為我跟您組隊，讓他們感到驚奇，都有些羨慕。」

「哦。」楚楚也不知道《贏戰》過去的故事，只是似懂非懂地點點頭。

其他人大概也沒想到BOSS還能組隊，感到憤慨也很正常，她完全不曉得大家憤怒的真實原因。

女遊俠在建築師的護盾幫助下，瞬間倡狂起來，開始騷擾周圍玩家，相當欠揍地跳來跳去。

楚楚頗感有趣，開口道：「我好像變強了。」

張嘉年笑笑，溫聲道：「嗯，您本來就很強。」

『VIR，你真狠！』

『我靠，畫面外的小哥是VIR？把鏡頭往上移，我要讓所有人看到你的真面目！』

『我現在究竟該羨慕楚總還是VIR？』

『昔日大神淪為代練陪玩，楚總身體力行詮釋「有錢就能為所欲為」！』

遊戲中，熟知VIR名號的玩家們更是如遭晴天霹靂，他們看著女遊俠身邊的舔狗建築師，居然頂著遠古大神的名字，簡直一頭霧水。

人生很難：『大神你站錯隊了，別離BOSS那麼近，會被掃掉。』

達令：『VIR，把我的軟甲脫下來！為什麼你能撿玩家裝備？』

吱吱：『我靠，真的是VIR？大神這是被招安，跟楚總組隊啦？』

銀達投資：『哭哭，楚總拒絕我的組隊申請，好傷心，一定是我的ID不夠吸引她。』

黑竹：『《贏戰》手機版：我給你召回代碼，是讓你來做BOSS的舔狗嗎？』

直播平臺上，網友們親眼目睹昔日大神對老闆的職業吹捧，更是一陣痛心疾首，恨不得在螢幕上洗起「舔狗」彈幕。

楚楚看著畫面中的女遊俠三連跳失敗，遺憾道：「我好像不太擅長這類的遊戲。」

她上次在封測時的神勇表現，不過是靠運氣加成，實際上走位和操作確實不堪入目。

張嘉年鼓勵道：「沒有，您打得很好，這才第二次。」

楚楚只玩過兩次，一次是封測，還有一次是今天。

楚楚無奈道：「但我覺得你剛才的三連跳玩得挺好的？」

張嘉年不想打擊她的自信，寬慰道：「我以前偶爾玩玩，所以才會比您熟練。」

『窮困潦倒楚太子，偶爾玩玩ＶＩＲ。』

『我想知道，你昧著良心吹捧老闆會加薪嗎？』

『看看銀達的企業文化，看看ＶＩＲ的舔狗精神！』

『ＶＩＲ臥薪嘗膽地吹捧楚總，最後銀達投資復活《贏戰》，這是什麼淒美劇情？』

遊戲中，玩家們望著倡狂的BOSS和舔狗群情激憤，全都瘋狂地往前衝，開始海浪般的自殺式襲擊。女遊俠和建築師面對龐大的敵群，終於敗北，被所有人磨光血量。

楚楚順利完成自己的目標，在可怕的玩家大潮中堅持八十二分鐘。

系統：『特殊玩家「楚總」已被擊殺，感謝全服玩家的努力！』

系統：『本次活動共計八十二分鐘，擊殺獎勵可在活動頁面查詢。』

楚總：『扣錢。』

系統：『特殊玩家「楚總」已被擊殺，感謝楚總的辛勤付出！』

系統：『本次活動共計八十二分鐘，擊殺獎勵可在活動頁面查詢。』

不肖子孫：『我看你是活膩了，真以為楚總拿不動刀了？』

玫瑰：『遊戲真棒，貫徹舔狗精神，一直舔就一直爽。』

小烏龜：『心疼法法，ＶＩＲ轉行當舔狗後，喜獲六千六百六十六元。』

西華小餅乾：『ＶＩＲ快去看《水滸傳》，名著告訴你接受招安的下場！』

《贏戰》遊戲團隊萬萬沒想到，他們本來想用楚總吸引玩家，卻順藤摸瓜牽出個遠古大神，討論度超越想像。

張嘉年在直播中完全沒露面，卻憑藉著昔日的輝煌榮光和喪心病狂的舔狗態度，一躍成為眾多網友調侃的對象。當然，八卦群眾們都不知道他的真名，只知道ＩＤ名「ＶＩＲ」。

《贏戰》官方帳號瞄準風頭，立刻宣布即將推出重製的電腦版，讓萬千玩家重溫經典。

既然遠古大神都紛紛出現了，現在正是光界娛樂打情懷牌的最佳時刻。

劈里啪啦：『遊戲團隊和光界成為幕後最大贏家（doge.jpg）。』

細細：『楚總，楚總，擦亮眼睛！ＶＩＲ是為了遊戲才舔您的，他不是真心的，我才是！』

瀟瀟：『《贏戰》是靠楚總的熱度才紅起來的，下載量已殺入前三，ＶＩＲ這波舔得不虧。』

大灰狼：『光界本季度的財報肯定不錯，恭喜楚總又向百億目標前進一小步（鼓掌.jpg）。』

晚晚：『我有個大膽的想法，ＶＩＲ臥底在楚總身邊，能向老闆建議舉辦電競比賽嗎？』

神仙鬼不死：『天吶！你真是個小機靈鬼，我突然看到身為舔狗的希望（doge.jpg）。』

楚楚關閉直播時，她按照工作人員的提示，上傳最新貼文，為本次活動畫上完美的句號。

楚楚：『感謝大家熱情參與，很高興能和你們在暗霧荒野中相遇。』

看破就說破：『這句話肯定是官方寫的，楚總只是毫無靈魂地配合。』

舒芙蕾：『嗯，您打得真好，有興趣舉辦電競比賽嗎？（doge.jpg）。』

霜凍果：『嗯，您的遊俠超神，要不要了解一下電競比賽？（doge.jpg）。』

Lock：『嗯，您本來就很強，快去參加電競比賽，讓自己變得更強（doge.jpg）。』

全軍出擊：『你們別學ＶＩＲ哄騙楚總啊！萬一她真的會錯意，對自己很有信心呢？』

我是小老師：『今天的重點是ＶＩＲ舔狗話術，範本為「嗯，您本來就很強」、「沒有，您打得很好」和「偶爾玩玩才比您熟練」。聰明的小舔狗們，你學到了嗎？』

線上，網友們玩梗玩得起勁；線下，號稱「偶爾玩玩」的張嘉年已經退出遊戲，他恢復成一本正經的模樣，向楚楚彙報起最近的工作：「這裡有兩份投資案，需要您過目一下。」

楚楚拿過文件，仔細翻看起來。銀達投資現在主要投資的兩個領域，一是人工智慧以及大數據，二是文化娛樂產業。前者主要由張嘉年負責，後者則是楚楚較為擅長的部分。

楚楚看過其中一份投資案，問道：「鳳梨影視是《胭脂骨》的網路平臺吧？」

「是的，他們似乎也正在籌備您當初詢問過的選秀節目。」張嘉年補充道。楚楚曾透露出想要投資影音平臺的意向，所以銀達投資才會去接觸這方面的案子。

楚楚看到數字後不禁搖頭，無奈道：「三億美元太貴了，投不起。」

未來，影音平臺會不斷崛起，跟電視臺分庭抗禮，完全抓住年輕受眾群體。楚楚這才興起投資影音平臺的念頭，但顯然大家都不是傻子，只要是稍有潛力的案子，融資金額也非常高。

鳳梨影視作為書中市場占有率前三的影音平臺，B輪融資就要三億美元以上，銀達投資不可能負擔得起。就算和多家機構一起跟投，壓力也非常大。

張嘉年見她有些沮喪，提議道：「其實只要不是前三大影音平臺，融資金額就不會那麼高，您可以再了解一下？」

楚楚長嘆一聲：「中小企業以後很難存活。」

中小企業沒有資源和財力購買影視版權，吸引不到新用戶，會員和廣告收入會更差，長此以往陷入惡性循環。

她思索片刻，突然靈光一閃，又問道：「現在有什麼短影音平臺嗎？」

銀達目前沒實力涉足大型影音平臺，但想在短影音平臺上分杯羹，應該還來得及。

「您是說直播嗎？」張嘉年想了想，答道，「奇炫TV是目前發展較快的直播平臺，跟我們也有所接觸。」

「不是直播，就是短影音。」楚楚努力回憶短影音的興起，解釋道，「每支影片僅有十幾秒到幾分鐘，國外現在應該有類似的平臺？」

張嘉年看著她回想的狀態，他清亮的眼眸一閃，突然語出驚人：「您是未來人嗎？」

他覺得投資也要講基本法，楚楚不可能每次都瞎貓碰上死耗子，索性直接詐她一句。如果她不是來自未來，怎麼會了解得如此清楚？

楚楚反應極快，毫不猶豫地眨眨眼道：「不，我是你的心上人。」

張嘉年：「……」

很好，她的套路永遠防不勝防。

第五章　假笑男孩

《贏戰》逐步踏入正軌，楚楚便轉頭投入到電視劇專案裡。

辰星影視內，《胭脂骨》順利地進行籌備，邁入演員圍讀劇本階段。尹延、梅沁和陳一帆等演員齊聚會議室，在導演的指導下研讀劇本。

夏笑笑坐在會議室門口一側，她一看見楚總推門進來，連忙起身迎接：「楚總，您來了……」

「噓——」楚楚看屋內眾人正在認真工作，小聲地問道，「一切都還順利嗎？」

夏笑笑老實地彙報：「目前進度不錯，大家都很認真。」

「美術和造型那邊怎麼樣？」楚楚問道。

「我給您看一下設計圖，定妝照拍攝時間沒有改變。」夏笑笑趕忙掏出筆電，向楚楚展示。

當眾人正在休息的時候，才發現楚總已經不聲不響地進屋了。

「楚總，您來啦。」彭導笑著招呼，「快往裡面坐。」

「彭導辛苦了，沒事，我在這邊就好。」楚楚客氣道，她知道大家都在做正事，也不想擺太多架子。

彭導看到楚總的第一反應是打招呼，尹延看到楚總的第一反應則是摸臉。

上次的卡粉暴擊，讓他至今難以忘懷。

尹延在確定自己的粉底服貼後，立刻綻放笑容，盛情邀請道：「楚總來我這邊坐吧，裡面還有空位。」

楚楚一看是他，趕忙擺擺手，婉言道：「不用不用，你們忙吧。」

陳一帆見狀，乾脆地站起身，將自己的位子讓給楚總，自己則退到旁邊去。

楚楚沒料到陳一帆是個行動派，她不好再拒絕小朋友，索性接受對方的好意，在桌邊坐下。

尹延見楚總婉拒自己，卻立刻接受陳一帆的讓位，一時心情複雜，語氣微酸：「小陳很有眼力見兒啊？」

楚楚：「見笑見笑，企業文化。」

尹延：「……」

飾演女主角的女孩想起最近的搜尋排行榜風雲，反被逗笑了，打趣道：「舔狗文化？我能參與嗎？」

楚楚抱拳道：「當然可以，我們商業互舔，我先舔為敬。」

楚總如此沒有架子，瞬間讓屋內的氣氛變得歡樂，大家在休息時間愉悅地交流起來。

尹延發覺楚總跟誰都能和顏悅色地相處，唯獨針對自己，心中更是不服。他不屈不撓，再次跟楚總拉近距離。

尹延主動上前搭話，露出微笑：「您有興趣參加《月秋》的首映會嗎？我手中有兩張首映票，樸導的這部電影真的很不錯。如果您有空，不如一起去看看？」

電影《月秋》入圍國內外多項知名獎項，是樸導沉寂多年的全新力作，由於上映時間一直未定，所以首映票被炒得沸沸揚揚。尹延可以拿到內部前排首映票，是因為他在電影中飾演某配角。簡單來說，觀看《月秋》首映能夠讓文青影評人們吹牛一番。

楚楚聽說過《月秋》，立刻推辭道：「這不好吧，票我就不要了……」

尹延不停用雙眼對她放電，真切道：「楚總不用客氣……」

楚楚坦白道：「沒有客氣，因為《月秋》是齊盛旗下的產業製作的，我真的不用票。」

尹延：「……」

尹延第一次遇到有人將逃票說得如此清新脫俗，一時竟無言以對，最後露出尷尬而不失禮貌的笑容，朝夏笑笑道：「你們楚總可真幽默啊？」

尹延的本意是讓夏笑笑幫忙接兩句，稍微緩和一下氣氛，不料對方領會錯誤，居然當真了。

夏笑笑作為楚楚的狂粉，認為尹延在真心誠意地誇獎楚總，立刻附和起來。她滿臉認真，鄭重其事地點點頭，表示贊同：「嗯，楚總一直都很幽默。」

尹延：「……」

尹延：你們是被奇怪的企業文化洗腦了吧？

尹延也摸不透自己的心理，他在楚總身上越挫越勇，格外倔強。尹延自認為形象還可以，態度也不差，在外界擁有無數女粉絲，照理來說具備藝人的魅力。但為什麼每次面對楚總，他都能感覺到，對方話裡話外都在嫌棄和婉拒自己？

如果她對每個人都這樣就算了，但她只針對自己，讓尹延大為不解。尹延回想跟楚總有過緋聞的李泰河和陳一帆，卻也看不出這兩個人到底哪裡比自己強？

楚楚的腦迴路跟尹延不同，她覺得自己把「拒絕」兩個大字寫在臉上，有頭腦的人都知道該怎麼做。

但尹延卻不依不饒，熱切地繼續發問：「楚總平時有什麼愛好？您喜歡旅遊嗎？」

尹延心道，若是先摸清對方的興趣，再找機會出招，自然事半功倍。

楚楚敷衍應聲：「沒有，不喜歡，沒興趣。」

尹延發覺楚總有種特殊的能力，她有一萬種方法讓人沒辦法接話，直接把天聊死。

楚楚不是傻子，面對尹延死咬不放的熱絡，一時有些無奈。尹延的演技和人氣好得沒話說，若她為了一點苗頭就驟然換人，是對劇組工作的不負責任，只會影響《胭脂骨》的進度。

照理來說，普通人踢到兩次鐵板，便會知難而退，但尹延似乎特別執著？

楚楚懶得再遮掩，她見其他人各自聊天，沒注意到這邊的情況，乾脆開誠布公地對他道：「有些話我不好直說，但現在還算在工作中……」

你能不能別老想著發展職場潛規則？

尹延同樣很精明，立刻將大事化小，還不等她說完，便若無其事地笑道：「您誤會了，我就是覺得跟您特別投緣，才會想要多聊幾句，有什麼問題嗎？」

尹延可不會讓楚總直接撕破臉，他滿分的微笑極具欺騙性，看起來就像是個光明磊落的好人。畢竟是表藝科出身的演員，到底還是有些看家的本事。

尹延見楚總不語，感覺自己死纏爛打的策略有效，他逐漸摸到精髓，又問道：「楚總待會兒怎麼回去？我順路送您一程？」

楚楚繼續婉拒：「不用，我有司機來接。」

尹延半開玩笑道：「那我什麼時候有幸做您的司機？」

楚楚瞟他一眼，上下打量一番，誠懇道：「你的學歷可能不合格。」

尹延面露不解：「什麼？」

楚楚心平氣和道：「我的司機通常都是博士畢業。」

尹延：「？」

尹延聽她胡說八道，皮笑肉不笑道：「您不能瞧不起學士畢業的學生啊。」

夏笑笑聽著兩人暗流湧動的對話，她懵懂地眨眨眼，居然還認真地應和：「尹老師，是真的，我也沒資格幫楚總開車。」

楚總的司機分為兩類，一種是武力值點滿，兼職保鏢打手；一種是智力值點滿，兼職處理政務。夏笑笑在這兩方面都不夠出眾，至今仍在成為楚總司機的道路上努力前進。

尹延看著夏笑笑天真的神情，一時感到相當無言。他開玩笑說當司機，是想營造撩人的氣氛，聽夏笑笑的語氣竟是以做司機為榮？

尹延心中湧現一絲同情，這究竟是什麼直銷組織，把底下員工洗腦成這樣？

辰星影視的地下停車場。

張嘉年坐在車內，他像往常一樣等待楚總下樓，卻突然感覺右眼皮在微微跳動。他不是迷信的人，本以為緩緩就好，卻正巧在後照鏡中看到大步走來的楚總。她步履匆匆，健步如飛，彷彿身後有惡鬼猛獸在追逐。

楚楚回頭看了看，發覺尹延還沒跟過來。她沒有直接坐上副駕駛的位置，反倒繞到張嘉年那邊。楚楚打開他那側的車門，說道：「我們玩個遊戲吧。」

她滿臉坦然地開口，漂亮的眼裡閃著微光，像隻狡猾而柔軟的貓。

「您要玩什麼？」張嘉年滿臉茫然，不知道她又想出什麼餿主意，他耐心地提醒，「晚上還有會議。」

張嘉年萬分不解，以前她都是上車就走，向來不耽誤時間，這次怎麼還有新流程？

楚楚露出人畜無害的真摯笑容：「沒關係，非常快！我們來猜拳，誰輸了，誰就去處理後面的尾巴。」

張嘉年沒聽懂，楚楚卻已經出聲道：「剪刀、石頭、布！」

張嘉年面露不解，卻還是下意識地出拳，在楚楚的「布」前一敗塗地。楚楚憑藉幸運值加成一擊即中，她立刻探身進車，幫他解開安全帶，興高采烈地催促：「你輸了，快去快去，節省時間！」

楚楚現在的態度就像《神奇寶貝》裡的小智，恨不得大喊一聲「皮卡丘，就決定是你了」，然後直接將張嘉年當成神奇寶貝球丟出去。

張嘉年見她湊上來，在聞到對方髮絲間淺淺的香氛後，自然不好意思再坐在車內。他無可奈何地任由她將自己拉下車，哭笑不得道：「您需要我做什麼？」

張嘉年看她坐上車，霸占自己剛才的位置，卻還是搞不清楚事情的原委。

「你讓他離開就好。」楚楚代替張嘉年坐上駕駛的位置，她想了想，補充道，「要是能讓他以後別跟著我就更好了。」

張嘉年不禁疑惑：「誰跟著您？」

「馬上就來了……」楚楚將車門一關，這才鬆了一口氣。她覺得自己跟尹延有理說不清，張嘉年最有邏輯，說不定能解決此事。

不遠處的尹延則震驚不已，他本來趁無人注意時，尾隨楚總下樓，卻正好撞見對方的姦情。楚總先是打開駕駛座的門，跟車內的男子有說有笑地調情一番，又探頭跟對方擁吻。

兩人身處地下停車場，卻言笑晏晏、舉止親暱。如果尹延手裡有單眼相機，絕對會立刻拍下照片，發到八卦週刊上。

尹延早就猜到楚總身上有些風流韻事，畢竟無風不起浪，這些家境顯赫的富家子弟各個都很能玩，誰也別嫌棄誰。他現在比較好奇，車內的男子究竟是誰，是不是圈內人？

尹延看著車內的男子下車，他的背影挺拔如松，安靜地屹立著，似乎在等待著什麼。尹延馬上反應過來，楚總大概早就發現他跟著，只是毫不在意而已。

他索性直接走上前，將對方打量一遍，澈底滿足自己的好奇心。

尹延不了解金融和銀達，只跟辰星影視內的高管接觸過，自然從未見過張嘉年。對方身著西裝，面容清俊，眼似深墨，神情平和地立在車邊，氣質斯文儒雅，卻又不像毫無城府之輩，顯然不是毛頭小子，接受過世間種種磨難和淬鍊，胸中自有積澱，有種遠超常人的沉穩氣場，讓人不敢造次。

尹延看張嘉年不像圈內人，心中有些嘀咕，難道他是撞見了楚總的地下戀情？但他並沒有聽說過楚楚在跟哪個富家公子交往。還是她現在換了口味，變成包養圈外人？

張嘉年發現尹延在觀察自己，便沒有立即開口出聲。他頓悟自己右眼皮跳動的原因，這是又被老闆攏了一道，莫名其妙地捲入風流債，她怎麼老是能跟男藝人扯上關係？

張嘉年當然認識尹延，對方好歹是有著三千萬粉絲的男明星，又是《胭脂骨》的男主角，只是不知道跟楚總發生什麼糾葛。

張嘉年向來心思敏捷，聽聞過影視圈內一些不齒的事情，大致推測出事情經過。他決定先禮後兵，鎮定道：「尹先生，你尾隨女士下樓，恐怕不太紳士？」

不管尹延和楚楚有何恩怨，他偷偷跟到停車場，確實越界了。如果不是楚楚心大，並且尹延是個明星，這種事放到其他人身上，簡直是變態所為。

尹延看張嘉年認出自己，又聽他說話如此古板，覺得既好笑又奇怪，感覺對方在故意裝純潔。他親眼目睹兩人交往過密，大家都是一丘之貉，對方怎麼好意思假裝正人君子？尹延認定張嘉年是楚總的圈外情人，只是身分攏不上檯面。

張嘉年並不清楚尹延對自己的偏見和誤解，更不知道他豐富的內心戲。

尹延佯裝不聞，輕鬆地嘲諷：「我挺好奇的，你是她的什麼人？」

「……」張嘉年原本滿臉正色，聞言卻突然想起不久前遭遇類似的問題，結果被楚楚占便宜的事情。

他思索片刻，最終趁她聽不見，暗自反戈一擊，答道：「監護人。」

尹延：「？」

我看你長得也不像楚彥印，怎麼還想做人家的爸爸？

尹延彷彿聽到天大的笑話，但張嘉年卻有種令人信服的氣質，讓他猶豫起來。他一時看不透對方的來頭，對自己最初的判斷產生懷疑。照理來說，楚楚是獨生女，也沒聽說過有哥哥？

張總助可不會考慮尹延的想法，他的工作方式向來高效率且有品質，能為老闆迎頭解決一切難題，直言道：「楚總晚上還有行程，請尹先生不要再跟了。」

尹延覺得這話極為耳熟，跟他助理在趕私生飯時的語氣如出一轍。他聽到張嘉年稱她為「楚總」，又打消剛才躊躇的念頭，確定對方沒什麼威脅性。

四下無人，尹延索性不再遮掩本性，挑釁地笑笑：「假如我偏要跟呢？」

張嘉年淡淡道：「我們沒辦法干涉您的個人愛好，但如果牽扯到楚總的安危，無論是訴訟，還是報警，銀達都會奉陪到底。」

「男歡女愛的事情，有必要如此嚴肅？」尹延懶洋洋道，「大家都是成年人，想要多聊幾句，警察也管不了吧？」

張嘉年聞言微微一愣，他有些不悅，眼眸漆黑如墨，低聲確認道：「所以尹先生是楚總的追求者？」

尹延大大方方道：「是啊，不行嗎？」

張嘉年沉默地凝視對方片刻，他望著尹延坦蕩磊落的態度，瞬間明白對方在撒謊。他懶得細究尹延說謊的原因，但不得不說，這位大明星說話的方式讓人非常不舒服，有種沒踢過鐵板的倡狂。

張嘉年禮貌地笑了笑，看起來神色和緩，措辭卻鋒芒畢露：「恕我直言，尹先生的身分還不夠格。」

尹延皺眉道：「你什麼意思……」

「不論人品、能力、性格、家世，你都差得太遠了。」張嘉年平靜地闡述，完全沒把尹延放在眼裡。他有限的柔軟只會留給最特別的人，面對陌生人便只剩下冷漠和鋒利。

張嘉年在面對南彥東的時候都毫不留情，更何況是尹延？說到底，尹延和李泰河不過是同等級的人物，只要辰星影視有心，很容易就能捧紅一個藝人。張嘉年由此可知，尹延不適合她。

張嘉年看了看尹延，又風輕雲淡地補充：「哦，還有相貌。」

尹延從未當面收到如此刻薄的評價，不由臉色鐵青，反擊道：「青菜蘿蔔各有所好，感情的事情可不好說。」

尹延心道，你又不是楚彥印，怎麼還擺出挑女婿的態度？

「你是因為出於私心，才會故意說出這些話吧？」尹延恍然大悟，冷笑道，「我最瞧不起你這種人了，真虛偽。」

張嘉年眼神微閃，他嗤笑一聲：「對於你這種人來說，『喜歡』和『愛』是不是能輕易說出口，而不用背負任何重量的話？」

明明是想抄近路的偷獵者，卻用喜歡與欽慕作為欺騙色，掩蓋自己隨意放蕩又令人作嘔的內心。張嘉年不想過問尹延混亂的私生活，但對方不該把主意打在她身上，簡直是種玷汙。

「她不是你玩弄的對象，如果尹先生執迷不悟，這次是我跟你聊，下次或許就是楚董親自出面。」張嘉年冷靜從容地說道，語氣不急不緩。

他目露寒光，敲打道：「楚總會顧忌劇組工作的進度，但楚董可不在乎一個電視劇專案。尹先生現在正處於事業上升期，最好不要引火上身。」

尹延臉色一變，被這話直擊要害。他跟辰星影視撕破臉，頂多未來沒合作；要是跟齊盛為敵，就會損失很多代言，甚至影響到所有資源。他本以為張嘉年是楚楚的人，現在聽起來卻是楚彥印的人？

楚彥印因為李泰河的事，目前最痛恨娛樂圈的小鮮肉，要是讓他得知此事，大概會分分鐘撕碎尹延。

張嘉年見對方被震懾，知道尹延心中自有衡量，便不再多言，起身離開。尹延望著他的背影，臉色陰沉道：「你用楚彥印和齊盛來欺壓我，很得意吧？」

「你說我不配，你又配嗎？以為待在她身邊，就算是有資格？」尹延嘲諷道。

尹延的直覺可沒錯過，要是張嘉年對楚楚沒想法，他就立刻從辰星影視的高樓跳下去。張嘉年現在以勢壓人，早晚都會陷入同樣的困境，尤其他還是楚彥印的人。他現在握有的武器，必然會反刺他一刀。

楚彥印相信張嘉年，不過是還沒感受到威脅，更沒發覺他的心思。如果楚彥印察覺苗頭，他可以捧起對方，也能讓對方跌落。

張嘉年聞言停下腳步，回頭道：「付出和結果是兩回事，不過你可能並不懂這個道理。」

他比誰都更清楚兩人之間的差距，所以將心火埋藏於寒冰之下，無需任何人提醒。既然真的珍視，便不該灼傷對方，只要助她所願就好。

「我確實沒有資格。」張嘉年垂下眼，輕聲道，「不過當她需要時，我會幫她找到符合資格的人。」

如果真的有那一天，他會親手挑選出適合的對象，那人絕不可能像尹延一樣劣跡斑斑。

尹延目睹張嘉年離開，難以置信地喃喃：「瘋了，還真是父愛如山……」

尹延簡直沒辦法相信，在這個年代，居然還有張嘉年這樣另類的存在。

當張嘉年走到車邊時，已經恢復成平日的態度。他發現車內的楚楚正在看導航，輕輕地敲了敲車窗，提議道：「您換一下位置，我來吧。」

楚楚坐在駕駛座上，豪言壯語道：「你上車，今天我來開。」

「……」張嘉年想起曾在社區門口刮蹭的豪車，不由心生猶豫，但看她興致勃勃，又不忍拒絕，最後只能硬著頭皮上車。

楚楚握著方向盤，開始嘗試將車開出地下停車場。

張嘉年想了想，還是跟她彙報道：「尹先生說他正在追求您。」

楚楚直言道：「他放屁。」

張嘉年：「……」

張嘉年：真是清新自然、毫不造作的態度。

馬路上，兩人坐在車內，後面的車輛頻頻超車，揚長而去。

張嘉年感受到維持在每小時二十公里的車速，忍不住小聲提醒：「楚總，晚上的會議是七點。」

楚楚沉著道：「嗯，我知道。」

張嘉年看著逐漸陌生的路況，無奈道：「……您好像開錯路了。」

楚楚淡然道：「不可能，那一定是這條路建錯了。」

張嘉年心道，馬路肯定不想背這個鍋。

汽車最終在泉竹軒的門口停下，張嘉年跟著楚楚進入包廂，他終於感覺到一絲古怪，疑惑道：「您是想先用餐？」

「晚上不開會，我跟王青說了。」楚楚在桌邊落坐，她眨眨眼，真摯道，「今天是你的生日，祝你生日快樂。」

她的眼睛在燈光下閃閃發亮，臉上綻放發自內心的笑容。

張嘉年面露錯愕，沒想到向來粗枝大葉的她會記得此事，一時陷入無言。

楚楚看穿他的手足無措，調侃道：「張總助該不會忙到忘了這件事？」

張嘉年的嘴唇動了動，心中有些難言的滋味，最後解釋道：「因為家裡都過農曆生日，確實忘了……」

實際上，張嘉年從小就對「生日」沒什麼感覺。

張雅芳女士習慣記他的農曆生日，有時只是一句簡單的祝賀，有時會稍有儀式感地煮一碗長壽麵，並不會有過多安排。他的母親是個隨意的人，所以早就對此習以為常。校園時期因為某些原因，他也從未體會到「生日」的存在感。

他不禁自嘲，看似不會做出這種事情的人，卻每次都會做出意料之外的安排。她看起來好像什麼都不在乎，實際上卻把所有事情都記住，等到關鍵時刻，才會狀似不經意地將寶藏捧出。

他覺得這樣不太好，似乎很快就會讓他潰不成軍。

「那你可以過兩次生日呢。」楚楚了然地點點頭，並未發覺他隱匿的情緒。她翻完菜單後，便開始找服務生點餐。

張嘉年聽她點餐，微微皺眉道：「您不點辣菜嗎？」

楚楚是無辣不歡的類型，但這次卻連一道辣菜都沒點。

「你不是喜歡清淡的嗎？」楚楚笑道，「今天張總助是壽星，我來服務張總助。」

銀達的員工和老闆用餐，從來都是迎合楚總的口味，為老闆提供服務。楚楚投桃報李，覺得應該在他生日時意思一下，以表感謝。

張嘉年無言以對，他沉默良久，終於忍不住問道：「您對誰都這麼好？」

楚楚聞言挑眉，毫不客氣道：「我有這麼閒嗎？」

天地良心，她至今都不曉得書中人物的生日，連老楚的都不知道。

張嘉年深吸一口氣，他的雙眼猶如深不見底的潭水，坦言道：「您總是這樣，很容易讓人產生誤會。」

楚楚面露不解：「誰會產生誤會？」

張嘉年：「我會產生誤會。」

楚楚：「什麼誤會？」

張嘉年咽了咽口水，他注視著她，無奈地開口道：「誤以為自己很重要。」

楚楚不懂他的邏輯，直接道：「你本來就很重要啊。」

這一刻，他無法克制自己劇烈的心跳。

張嘉年努力壓抑胸腔中的怦然心動，他聽她說完，如同嘗到童年期盼許久的水果糖，味道有點酸，又有點甜。他先一步挪開視線，抿了抿想要翹起的唇角，佯裝正經地替她說道：「因為您還需要我替您工作？」

他陪伴在她身邊的時間越長，就越來越清楚她的性格，相當理解她的思考模式。她一旦說了些好話，後面肯定會放大招，讓對方的心情起起落落。雖然他猜到她可能還有話要說，卻還是忍不住雀躍。

「我哪有這麼壓榨人？」楚楚不滿地嘀咕，「大不了給你放兩天假！」

楚楚心想，張嘉年心中的自己究竟有多惡劣？居然讓他在生日當天都沒辦法鬆懈。雖然她想要完成百億目標，但還沒完全成為壓迫百姓的資本家吧？今天是開心的日子，她還是懂分寸的，知道該說什麼話。

楚楚看他彆扭地側頭，似乎想要克制笑意。她嘖嘖道：「你要笑就直接笑，別把自己憋壞了。」

別以為她沒看到他在偷笑，張嘉年居然還假裝嚴肅，暗暗地控訴平日的工作時長。楚楚決定這次就不追究了，誰叫他今天是壽星呢？

楚楚看他憋笑，她瞇起眼，戲謔道：「張總助該不會是平時太常假笑，不會真笑了吧？」

張嘉年撞上她挑釁的眼神，終於忍俊不禁，澈底露出笑容。他的雙眼盈滿光，眼眸中彷彿只倒映著她的影子，神情專注而溫柔，讓她微微一愣。

張嘉年原本緊繃的心弦，終於在她的調侃中放鬆下來。他輕輕地搖了搖頭，嘴角含笑，破罐破摔道：「就算您是哄我的，我也認了。」

不管她的話是有心還是無心，他都沒出息地感到高興。

他沒辦法按捺自己內心的喜悅，彷彿在黑暗中投射出一束光，只是見到她，都能感受到輕鬆與自由。他的生活刻板而循規蹈矩，她卻成為其中唯一的亮色。

張嘉年知道自己該去思考現實問題，應該做出理性而克制的抉擇，但此時此刻，他沒辦法控制自己，因為光是看到她都能感到快樂，想要綻放笑意。

既然今天是他的生日，那他能不能輕鬆一天？

他可以什麼都不用想，自由地去表達所有情緒，放出那團冰封的心火。

楚楚挑眉，抗議道：「我又不是誰都哄，你居然還敢挑？」

張嘉年望著她，像是在包容跳腳的孩子，溫和地應聲：「嗯，我知道。」

楚楚見他答應得如此爽快，不知為何有些不好意思，向來厲害的嘴炮技能竟也派不上用場。她覺得張嘉年今天有點奇怪，雖然他的氣場柔和不少，卻反而帶給她莫名的壓迫感。他的態度毫無惡意，卻讓她感覺胸口有點悶。

張嘉年見她不言，索性打趣道：「您幫我準備的禮物呢？」

張嘉年記得，她曾經承諾要在生日時告訴他真名。

「哪有像你這樣直接討要的，好歹走完流程。」楚楚指責道，她將視線飄向一邊，不敢在他真摯的神情上多加停留。

張嘉年好奇道：「什麼流程？」

楚楚伸出手指，一項一項地解釋：「吃飯，吃蛋糕，然後才能收禮物。」

張嘉年看她振振有辭的樣子，笑道：「嗯，我見識淺短，全靠您安排了。」

楚楚總覺得包廂內的空氣有些過熱，她不禁吐槽道：「其實你平時假笑也滿好的……」

張嘉年不解：「為什麼？」

楚楚坦白道：「你現在真笑，我都快要窒息了。」

張嘉年一愣，隨即笑出聲來，他只得伸手遮掩嘴角的笑意，輕聲道：「抱歉，我會盡力克制，讓您喘口氣。」

楚楚看他笑到挺不起腰桿，總覺得對方在取笑自己。她翻了個白眼，氣急敗壞道：「笑笑，笑死你算了……」

她看在他今天過生日的份上，姑且不跟他計較！

兩人在插科打諢中吃過晚餐，楚楚這才把事先準備好的蛋糕拿出來。張嘉年從她臉上看出一絲狡黠，等他看清蛋糕上的花紋，這才哭笑不得。精美的蛋糕上寫著兩行字，上面是「Happy Birthday」，下面卻是「假笑男孩」。

楚楚點燃蠟燭，看著晃動的小火苗，調侃道：「祝假笑男孩生日快樂！」

張嘉年看她臉上洋溢著得意的神色，被她的情緒感染，心裡軟得一塌糊塗。他剛想吹滅蠟燭，卻被她伸手攔住。

楚楚振振有辭道：「你還沒許願。」

微暗的燈光下，張嘉年望著明亮的火焰，只覺得暖黃的光暈柔化了她的臉龐。他覺得這一天過於圓滿，一時想不到願望，乾脆道：「我不知道該許什麼願望，不如您幫我想一個？」

楚楚沒料到還能代為許願，不由吐槽道：「雖然說心誠則靈，但你的心未免也太不誠懇？」

生日許願都能讓別人代想，張嘉年簡直是當代佛系青年典範。

「您只要誠懇，不也可以實現？」張嘉年的邏輯頗為清晰，語氣輕緩，「如果願望沒能實現，一定是您不夠誠懇。」

楚楚心道，這鍋甩得真妙啊。

她不怒反笑：「……我發現你過個生日，整個人都變得很倡狂？」

「就這一天而已。」張嘉年笑笑，提醒道，「蠟燭要熄滅了。」

楚楚當然沒有真的動怒，她坦然地替張嘉年許願，慢悠悠道：「那就祝假笑男孩能天天真笑，就像今天這樣。」

她說完後，笑著看向張嘉年，等待他將蠟燭吹滅。

張嘉年垂眸，他望著蛋糕上的燭火，覺得像是賣火柴的小女孩手中最後的火焰。

如果他能永遠像現在這樣，一直待在她身邊的話，或許真的能夠實現這份願望。

張嘉年彎腰，吹滅了蠟燭。

他又害怕這只是黃粱一夢，現在擁有的一切，頃刻轉眼成空。

楚楚看他吹熄蠟燭，配合地鼓鼓掌。她終於取出信封，遞向張嘉年，開口道：「你的禮物。」

張嘉年接過薄薄的信封後緩緩打開，看到裡面的內容一愣，黑色的磁卡靜靜地躺在信封內。他輕輕嘆息一聲，好笑道：「真像您的風格。」

「有什麼問題嗎？」楚楚眨眨眼，理直氣壯道，「噓寒問暖不如給一筆鉅款。」

黑卡申請是邀請制，對存款金額也有要求，張嘉年不知道她是什麼時候弄到手的。他在信封中找到信紙，猜想這是他等待的答案，便將紙張取出，並將信封內的黑卡還給她。

張嘉年心平氣和道：「我拿走這個就好。」

他只想知道她的真名，其他的東西倒是無所謂了。

楚楚不解：「為什麼？」

張嘉年語重心長地教育：「您的資產也是楚董的一片心意，不應該轉送。」

張嘉年跟隨楚彥印工作過，大致能推測出楚楚擁有的財產，畢竟很多都是楚董贈予她的。

張嘉年當然不能接受，他在良心上過不去。

楚楚當即揚眉，大為不滿，反駁道：「這不是他的錢，是我賺的。」

楚楚在送禮前有仔細思考過，她同樣覺得借花獻佛不太好，就沒有動用女配角原身的存款。她上次想用原身的信用卡幫張嘉年圓夢，卻遭到對方婉拒，猜到他有這方面的考慮，此次便頗費工夫地重新籌出錢來。

張嘉年面露詫異，愕然地望著她：「您哪來的錢？」

楚楚被他盯得有點心虛，勉為其難道：「好吧，其中也有你的努力。」

雖然張嘉年那天先上桌，但主要的獲利來源，還是她贏的那局，四捨五入就是她賺的，完全沒問題。

「……這是公司的分紅？但我沒看您動過錢？」張嘉年疑惑地發聲，卻又感到不對勁。如果她想調動銀達的資金，照理來說他是會知道的，畢竟財務部分由他主管。

楚楚搖搖頭，坦白道：「我把玩牌那天的股份賣了，沒想到時延還挺值錢的。」時延是國內最大的餐飲集團，旗下有無數個知名品牌，石田當時輸掉的股份占比百分之一，可謂價值連城。

張嘉年：「……」

張嘉年突然感到窒息，小聲地問道：「……您跟楚董商量過此事嗎？」

楚楚振振有辭：「這是我的東西，為什麼要跟他商量？」

張嘉年在生日當天，體會到樂極生悲的感覺，沒想到她在言辭上沒放大招，卻用行為放了更大的。他預感到即將來臨的暴風雨，艱難地解釋道：「因為您賣掉股份的行為，就像是在傳遞消極訊號，對時延的未來不抱希望……」

張嘉年萬萬沒想到，楚楚手腳如此快速，還沒握熱股份，轉頭就將其賣了。上市公司的股份除了代表真金白銀，還被賦予很多意義，比如楚彥印就不可能拋售齊盛股份，這會導致公司股價大跌，甚至拖累整個股票市場，遭千夫所指。

楚楚拿到時延集團百分之一的股份，本就會引來外界遐想，現在到手就轉賣，無疑是在市場中投下一顆震撼彈。張嘉年麻木地想，大概已經有很多人在猜測這是楚楚的意思，還是楚彥印的意思，思考楚董是不是不看好時延？

楚楚並不明白其中的利害關係，泰然地點頭：「我確實不看好，沒什麼問題吧？」

石田看起來是個笨蛋，她不看好他的家族企業，很正常啊？

在她看來，既然股份是她的，便可以自由地賣出或送人，不需要考慮別的後果。她又沒玩過股票，就是想直接變現，才不會考慮到楚彥印和石家人會不會因此產生心結。

張嘉年心想，最近時延的股價大概會跌一波，同時出現無數「楚石決裂」的新聞。他只能期盼楚董能晚一點看到新聞，別馬上發火暴怒。

張嘉年深吸一口氣，不知道是在安撫她，還是寬慰自己，苦笑道：「嗯，您開心就好。」

反正楚董已經受過好幾次打擊，也不差這一次？

張嘉年麻痺完自己，不敢再多想此事，他正想打開信紙，卻遭楚楚阻攔。她討價還價道：「不收下黑卡就不能看。」

張嘉年哭笑不得，最後只能收下黑卡。他決定先幫她代為保管，等到適合的時候再給她。他發現不能讓楚總持有太多財產，她都膽敢拋售時延股份，要是讓她拿著這筆錢，後果肯定不堪設想。

張嘉年終於打開信紙，上面除了卡號資訊，就是她的名字。

「原來您也姓楚？」張嘉年頗感意外，他念了念她的名字，只覺得朗朗上口。

楚楚面色古怪，遲疑道：「可以不要念全名嗎？很像軍訓課在點名……」

她太久沒聽到自己的真名，竟有種陌生的抽離感，似乎突然醒悟，原來她已經穿書這麼久了。

她不知道自己還會不會回去，或許這個名字也失去存在的意義了。

張嘉年頗感興趣，問道：「既然是同一個姓氏，難道有什麼淵源嗎？」

「沒有淵源。」楚楚回答得斬釘截鐵。她怎麼可能會和小說中的人物有淵源，畢竟都不在同一個次元。

她想了想，補充道：「不過我的暱稱是楚楚，這可能是唯一的共同點？」

以前，相熟的同事們不會喊她全名，就以此來稱呼她。

張嘉年似懂非懂地點點頭，又低聲念了念她的真名，將其牢記心中。

楚楚聽他念自己的真名，不知為何有點炸毛，不滿道：「你好肉麻啊。」

張嘉年：「？」

張嘉年：異界修士的心猶如海底針，說翻臉就翻臉？

兩人度過愉快的晚餐時間後，便各自回去早早休息。張嘉年只希望楚董能晚一點發現股份的事，不會立刻打電話給自己，好歹讓他安生一天。

張嘉年回家後，看著那張寫有她名字的紙片，忍不住又念了一次。他將信紙上的內容記好後，便妥善地將其珍藏起來。

隔天，時延集團的股價果然大跌，下跌程度甚至超越張嘉年的想像，但這一切卻跟楚楚的拋售行為沒有關係。

沒有人繼續討論楚楚賣出股份的原因，而是聚焦在時延最近的「致癌油」醜聞上。

相關記者在時延旗下的速食連鎖店臥底多月，曝光內部嚴重的食安問題。速食店為節約成本，使用某種富有爭議性的食用油，讓時延餐飲瞬間被炎上。

雖然時延集團擁有多個餐飲品牌，但營利的主力軍卻是速食和火鍋，全都是用油的重災區。這種食用油是否符合國家食品衛生標準，一時間眾說紛紜，沒有定論。

雖然最終結果尚未出爐，但新聞媒體已經在標題上啟用「致癌油」的噱頭，成功擊垮時延的股價，讓其一綠到底。

餐飲集團出現食安問題的醜聞，宛如遭受致命一擊，在網路上引發大量討論。

四三四六四五：『黑心企業，所以我現在只敢在家裡吃飯。』

活躍的甲乙丙：『相關部門能好好解決一下食安問題嗎？』

可可：『先站中立，感覺還有下文，食用油都進到廚房了，平時檢查不出來嗎？這位記者是真的想調查，還是純粹想要搞個大新聞？感覺報導也不清不楚。』

金立：『時延今天的股價跌停了？』

迎春花：『說想搞大新聞的，你以後就給自己的孩子吃這種油吧？沒看見記者說在調查中遇到多少阻撓，至今才能曝光嗎？』

護盾蝦：『齊盛太子在不久前賣出股份，再搭配最近的新聞食用，這是巧合嗎？我不覺得。』

夏菊：『我剛才就想說，楚總賣掉股份的時機太準確了？』

花花花花朵：『她跑得真快，沒兩天就暴跌，是不是內部有風聲？』

小教：『我居然開始相信她粉絲的胡亂吹捧，該不會真的是商業奇才吧？』

皇金貓：『說好的紈褲子弟富二代呢？人設居然崩壞了，負評（doge.jpg）。』

妲己：『純路人說一句，不會真的有人相信李泰河粉絲的抹黑吧？她學歷擺那裡，又是楚彥印之女，這不是正常操作嗎？』

楚總的小跟班：『謝謝路人們的厚愛，但這種社會新聞就別帶大名啦！我們家楚總只做娛樂圈的王牌喔。』

小黑黑：『楚總應該要做財經圈的王牌才對（doge.jpg）。』

雖然有楚粉試圖轉移話題，但無奈「致癌油」還是上了搜尋排行榜，越來越多的人發現楚楚最近的作為，開始議論起來。沒過多久，「楚楚賣出時延股份」衝到排行榜上。

楚家不肖子孫：『應援會說盡量別蹭社會新聞的熱度。』

小寶貝：『路人小聲說一句，你們還真死忠，我以為都是鬧著玩的？』

隨著討論度越來越高，不少路人們開始發現隱匿的楚粉群體。大家以前不過是戲謔調侃，覺得楚總弄應援會很搞笑，沒想到在觀察後卻發現，她的粉絲意外的合群。

楚粉們被路人看清真面目，立刻一面倒地轉變口風，乾脆開始推坑。

校級第一人：『她是商業奇才，更是遊俠王者；是下凡仙子，更是人間珠玉。絕世楚總，了解一下？』

一串葫蘆：『投資王者楚總！超神諧星楚總！盛世美顏楚總！@楚楚。』

毛衣球：『哈哈哈，我快笑死了，銀達究竟聘請了多少網軍（doge.jpg）。』

銀達集團：『真的沒有聘請網軍的（流下委屈的眼淚.jpg）。』

第六章　父女之爭

齊盛大廈內，張嘉年順著記憶中的路乘坐電梯，抵達高層的董事長辦公室。

辦公室裡，楚彥印見張嘉年進屋，他長嘆一聲，揉了揉眉間，沉聲道：「嘉年，你替我分析一下，她到底是誤打誤撞，還是大智若愚？」

楚彥印近日相當崩潰，他本來因為楚楚莽撞拋售的行為氣到炸裂，不料事情卻發生反轉。原本發展極快的時延醜聞纏身，楚楚卻搖身一變成了投資鬼才？

楚彥印完全不理解自己的女兒，心情頗為複雜。她有時候好像什麼都不明白，有時候又好像什麼都明白，簡直是個謎團。

「你有看到網路上的新聞稿嗎？恨不得把她捧上天了！」楚彥印頭痛欲裂，抱怨道，「石董還跑來問我，是不是有內部消息，怪我沒提前告訴他。」

楚楚賣完股份，時延就爆出醜聞。說她沒聽到風聲，誰信？

「嘉年，你老實跟我說，她是從哪裡得知這件事的？」楚彥印面露懷疑，出聲詢問道。

他堅信楚楚有消息管道，否則不可能如此精準地賣掉股份。

張嘉年無可奈何道：「楚董，其實楚總似乎並不了解新聞內幕。」

楚彥印難以置信：「你的意思是，她隨手一賣，便超越你的專業所學，還有我幾十年的從商經驗？」

「雖然您可能不相信……」張嘉年猶豫道，「但似乎就是這樣。」

楚學投資，從不講基本法。

楚彥印無比心累，怒道：「這讓我怎麼跟石董解釋！」

楚彥印想破腦袋，也不明白楚楚的腦迴路。楚彥印當初就不想拿股份，石夫人硬要塞；既然塞了，那就收著吧，沒想到楚楚竟然還賣了！

如果她沒賣，虧損是情有可原，不會讓人懷疑，時延和齊盛相安無事。偏偏她挑了一個最佳的時機賣出，想不引人注目都難！

楚彥印現在面對石董，簡直有理說不清，別人只會覺得他虛偽，什麼事都不說。楚彥印是好面子的人，相比金錢上的損失，他更受不了失去朋友和人脈。

張嘉年老實地把自己融入背景，不敢說出黑卡的事情。要是被楚董知道楚總賣掉股份，是為了要送禮物給自己，他可能會被拖出去打死。

楚彥印想起罪魁禍首，冷哼道：「她聽到新聞後有什麼反應？」

張嘉年打量一下楚彥印的神色，小心道：「楚總有些擔心……」

楚彥印立刻不滿道：「她能擔心什麼？現在知道怕啦？」

張嘉年坦白道：「……楚總擔心身體不適，因為前一天才在泉竹軒用過餐。」

楚楚看到新聞時相當驚恐，害怕自己拉肚子。

楚彥印：「……」

楚彥印想到沒心沒肺的女兒就快氣死，硬著頭皮吩咐：「你讓她親自去跟石夫人解釋賣股份的事！石董就不用見了，當初股份是石夫人給的，她好歹跟人家說一聲……」

張嘉年心道，楚董這次又指派了艱難的任務給他。這對父女每次都不直接對話，非要搞傳話這套，最後把皮球踢到自己這裡。

張嘉年臨危受命，萬分無奈，他回到銀達投資，正好碰到步履匆匆的王青。祕書長王青見到他，趕忙道：「總助，我正好要找您，《財經聚焦》想要採訪楚總……」

張嘉年疑惑道：「他們是不是找錯人了，不是應該去聯絡齊盛嗎？」

《財經聚焦》經常採訪商業界名人，楚彥印就是其中的常客，分享成功經驗和從商感想。楚楚的畫風顯然跟其不符，尤其是她天生自帶娛樂圈流量，看起來跟商人二字絕緣。

王青搖搖頭：「他們不是來找董事長的，就是想採訪楚總，好像跟楚總拋售時延股份的事有關。」

張嘉年：「……」

雖然張嘉年覺得《財經聚焦》有點想不開，但他還是跟楚楚提及此事。畢竟楚楚能夠登上如此有影響力的節目，便是坐實商業界新秀的身分，總比天天上娛樂版的新聞好。

楚楚聽到《財經聚焦》要來採訪，一時滿臉茫然：「我要跟他們說什麼？」

她還沒接觸過正經的採訪，不懂商業界前輩們會如何回答問題。

「節目組會提前準備好採訪內容的。」張嘉年想了想，建議道，「不然您看看以往的片段，楚董曾經也被採訪過很多次。」

楚楚似懂非懂，她看了看《財經聚焦》的採訪，隨手點了有關楚彥印的那期內容。她稍微瀏覽了一下頁面，恰巧聽到楚彥印對自己的評價。

螢幕上，楚彥印面對主持人，搖了搖頭：『我女兒沒什麼經商才能，她很幼稚，就像個長不大的孩子……』

張嘉年冷不丁聽到這句，表情也是一愣。他偷偷打量楚總的神色，尷尬地解釋：「楚總，董事長應該是開玩笑的。」

張嘉年：楚董居然還在節目上偷罵楚總，他怎麼完全不知道？

楚楚本來漫不經心地看看，一時來了興趣，她認真地找了找，發現更多楚彥印的罪證。

『我當時資助她，從來沒奢望回本，就是想鍛鍊一下年輕人。』

『現在的年輕人缺乏我們當初的團結精神，沒辦法吃苦耐勞，因為個人意識都很強，我女兒就是典型的代表人物。』

楚楚：「呵。」

張嘉年絕望地扶額：「……您還是別看了吧。」

張嘉年覺得自己捅了婁子，他隨口的提議竟然瞬間擊垮父女情。楚楚本來對《財經聚焦》興趣不大，她回顧完楚彥印的往期採訪，頓時躍躍欲試，恨不得馬上接受採訪。

《財經聚焦》的效率很高，單期錄製所需的時間也不長。節目收到楚總同意採訪的回覆後，立刻趕往普新大廈，決定在銀達總裁辦內完成拍攝。節目形式很簡單，主持人對嘉賓進行問答採訪，後期會穿插一些資料。

大家跟楚總打過招呼，稍微寒暄一番，溝通完部分細節，便正式進入採訪環節。因為節目風格相對嚴肅，楚楚今日穿的是休閒西裝，衣著幹練簡潔。節目組見狀，略微放下心來，覺得楚總沒有外界說得那麼誇張，做事還算正經。

節目的女主持人溫柔知性，她專注地望著楚總，柔聲道：「大家都知道，近半年銀達發展得很快，外界對公司的估值也達到新高度，相比成立之初，已經翻了兩三倍。我很好奇，您在挑選投資專案時，主要考慮的是什麼呢？」

楚楚落落大方地答道：「實際上，我考慮更多的是團隊，合適的專案遇上合適的團隊，讓擅長的人去做擅長的事，基本上就成功了一半。我是個有很多缺陷的人，但團隊可以彌補我的缺陷，這就是銀達快速發展的原因。」

女主持人見楚總如此隨和，頓時安心不少，好奇道：「您最近有沒有聽說過時延事件？如今許多網友認為，您是提前得知內部消息，才能進行如此精準的操作，是這樣嗎？」

「這確實是個誤會，其實是我不了解餐飲業，不敢多接觸，才會這麼做的。」楚楚苦笑道，「因為這件事，我被楚董臭罵一頓，最近還要登門向石董致歉。」

張嘉年站在一邊旁聽，心道：明明去見楚董的人是我，難道她是在夢中挨罵的？

女主持人聞言，頗感興趣道：「所以您的父親是嚴父類型？」

「這種說法其實不太恰當。」楚楚思索片刻，解釋道，「我父親的性格跟很多企業家一樣，當然，我沒有說各位前輩不好的意思，只是特徵非常明顯。」

「您可以舉一些例子嗎？」女主持人笑著追問。

「如果妳去翻企業大神們的社群帳號，會發現他們喜歡很愛轉發《給年輕人的忠告：千萬別在吃苦的年紀選擇安逸》這種文章，基本上就和我父親一樣。」楚楚慢條斯理道，「中老年的企業家們最愛心靈雞湯了。」

節目組眾人聞言，皆忍俊不禁，其中採訪過楚董的人笑得尤甚，這難道是父女倆公開在節目上互嗆嗎？

女主持人噗哧地笑出聲，打趣道：「楚董以前評價您個人意識很強，您知道這件事嗎？」

「知道，還有幼稚、長不大、沒有經商才能、不能吃苦耐勞、缺乏團結精神……」楚楚簡直把楚彥印的採訪內容倒背如流，惟妙惟肖地模仿道。

「您對這些評價有什麼看法呢？」女主持人強忍著笑意。

「我覺得幼稚不是件壞事，成熟也沒什麼好驕傲的，這其實是觀念不同而已。」楚楚心平氣和道，「我爸喜歡喝雞湯，我喜歡吃雞肉，就是口味差異而已。但你沒辦法否認，即便你鼓吹雞湯的價值，雞肉還是比較營養。」

女主持人調侃道：「我可以將您的話理解為對楚董有所不滿嗎？」

「不，我很感謝他。」楚楚笑著搖頭，「因為我知道他很羨慕，羨慕我的幼稚。人會幼稚就代表還年輕，想要經營未來市場，只有傾聽年輕人的聲音，才能賺到錢，所以我欣然接受他的評價，並以此為榮。」

女主持人見她的態度幽默和煦，不禁問道：「那楚董身上有沒有哪些特質，是讓您感到羨慕的？」

「當然有。」楚楚坦然道，「我羨慕他有如此懂事出色的女兒。」

眾人：「……」

如果不是還在錄製，節目組的人會直接拍桌狂笑，為楚總的恬不知恥拍案叫絕。女主持人憋笑良久，才沒有破功，她強撐著繼續採訪：「這樣聽過來，您其實不喜歡苦難教育？」

楚楚點點頭：「是的，苦難和教育兩個詞，我都不喜歡。生活本來就夠苦，還要被人教育。」

女主持人提醒道：「您不怕這話會遭人詬病，坐實楚董對您的評價嗎？」

「時代在改變，吃苦耐勞是老一輩人常見的想法，我尊重他們的精神。」楚楚誠懇道，「但有時候我也會反思，是不是一定要先苦後甜，難道不能天天開心地工作嗎？」

「他們的年代是不苦不行，但社會在發展，有些想法也在改變。」楚楚振振有辭，「當我父親住在兩畝地的豪宅，坐私人飛機出國，再教育年輕人要吃苦耐勞，我覺得他是有點虛偽的。」

女主持人倒吸一口涼氣，隨即問道：「您是覺得吃苦耐勞不好嗎？」

楚楚搖了搖頭，解釋道，「我不反對，但我不會讓身邊有能力的人吃苦耐勞，既然他們已經付出，就不該有苦，理應拿到滿意的回報。只有付出和收穫不成正比，那才叫吃苦耐勞。」

女主持人若有所思：「其實您的話對於很多企業是極大的挑戰，也是對人力成本的考驗。」

「我就像是齊盛的病毒，時不時刺激它一下，增加它的免疫力，就能達到目的，這其實是為了它好。」楚楚厚顏無恥道，「就算沒有我，也會有其他的挑戰和考驗，肥水不落外人田嘛。」

女主持人被楚總的鬼才邏輯驚服，哭笑不得道：「您這麼說，不怕楚董生氣？」

「要是他生氣，就證明我說中要害。」楚楚侃侃而談，「為什麼他現在瘋狂想要轉型？因為齊盛的發展速度逐年減緩，在這個時代，減速或持平就等同於死亡。這證明他的老觀念玩不動了，需要新觀念，走向輕資產，而這恰巧是銀達的主攻方向。」

女主持人採訪過不少商業界紅人，但她透過今天的訪談，卻越發不了解楚總。楚總有時候會孩子氣地頂撞楚董，有時候又突然出口成章地講起道理，實在是讓人琢磨不透。

《財經聚焦》既需要有料的內容，又需要幽默地表達。楚總的表現居然超乎想像，甚至金句頻出，說得比楚彥印還要好？

採訪過半，女主持人差點就要被楚總說服，由衷地感慨：「很多人覺得您沒有楚董成功，但透過跟您的交談，我感覺並不是這樣。」

「很多時候，社會對成功的定義太片面，似乎只有出人頭地，才能被稱作成功人士。實際上，這種成功是做給別人看的。真正的成功是讓其他人都想成為你，大家都覺得你很快樂。」楚楚神色鎮定，大方地建議，「你們可以開個投票活動，讓所有人票選看看，大家是想成為我，還是我父親。」

「我保證，大部分的人都想成為我。」楚楚擲地有聲道。

女主持人：「您覺得自己比楚董快樂？」

楚楚：「是，畢竟他最大的煩惱是我，而我沒有煩惱。」

女主持人：「？」

楚楚：「我比他年輕，顏值比他高。」

女主持人：「……」

女主持人：那不就好棒棒？

女主持人對楚總無孔不入的自誇甘拜下風。她最後強行挽回尊嚴，想要拯救一下楚總的形象，再次拋出問題：「很多年輕企業家都想要超越自己的父輩，您沒有這種想法嗎？」

楚楚淡淡道：「沒有，就算我比他強，我也不能當他的爸爸。」

女主持人聞言，終於忍不住吐槽：「假如您能當楚董的父親，您就會有超越的想法？」

楚楚肯定地點頭：「是啊，這樣就憑實力做爸爸。江山代有爸爸出，各領風騷數十年。」

楚楚覺得這樣很公平，她和楚彥印根據戰力輪流做爸爸。

張嘉年表情麻木地聽著楚總的豪言壯語，已經腦補出楚彥印大罵孽子的模樣。

節目組在強行憋笑中終於完成錄製，開始收拾器材，跟楚總等人道別。張嘉年想了想，還是悄悄地提醒工作人員，試圖進行溝通：「某些較為犀利的內容，還是剪輯掉吧。」

工作人員誠心求教：「您說的犀利內容是指哪些？」

張嘉年艱難道：「可能會刺激到楚董情緒的……」

工作人員茫然道：「您的意思是這期不播出？這執行難度好像有點高？」

張嘉年頭痛地扶額，破罐破摔道：「算了。」

張嘉年：現在假裝自己沒有旁觀錄製，不知道還來不來得及？

《財經聚焦》每週都會播出，加上節目形式簡單，剪輯速度極快。節目居然真的採納楚楚的意見，在播出前發起網路投票，讓網友們票選是想做楚楚，還是做楚彥印。

仙人掌：『小孩子才做選擇，成年人當然是選楚總（doge.jpg），做楚董還要工作，做楚總有老爸啊。』

貓貓：『《財經聚焦》搞出這種投票，難道是想告訴大家，成功不能靠複製大神經驗，還是做夢比較快？』

彈簧床：『肯定選楚總，還能請VIR當我的代練。』

紫蘇：『選楚總，我不在乎錢，我在乎臉。』

花苗：『難道只有我選楚董？我不信！楚總明明有好多媽粉！』

綠野無言：『你墮落了，居然開始蹭楚總的熱度@《財經聚焦》。』

投票截止時間正逢《財經聚焦》最新一期的播出時間，投票結果和採訪內容會同時放出。楚楚的預料果然沒錯，高達百分之九十四的網友選擇成為楚楚，僅有百分之六的人想做楚彥印，其中還有部分人號稱自己是楚總的媽粉。

採訪播出後，楚楚在《財經聚焦》上的驚爆發言引來熱議，她在節目中酣暢淋漓地分析與批判楚彥印，堪稱「新時代坑人典範」。

金箔：『楚總真是謎一般的女子，每當她講段子，就會突然蹦出道理。我的表情猶如主持人，聽得一愣一愣，完全跟不上。』

璐璐：『當代哲學教母楚總最新警世名言，『江山代有爸爸出，各領風騷數十年』。』

小波瀾：『《世紀爸爸之爭：楚總VS楚董》。』

這不科學：『節目還在採訪中穿插楚董對楚總的評價？所以本期是楚總的diss back？』

網友們調侃打趣著楚總在《財經聚焦》上的表現，紛紛看熱鬧不嫌事大。當然，楚楚的言論也引起部分觀眾的不滿，尤其是經營理念不同的企業家，直接給她反面評價。

灃西：『不懂這種人為什麼能上《財經聚焦》？不願吃苦耐勞，還把自己搞成網紅，跟她爸比起來，實在是差太多了。』

胡達書：『沒有妳爸，妳什麼都不是。』

黑狸不說話：『但我覺得她滿懂經營的？撇開段子來看，說得都沒錯？』

披鋒蓋甲：『嘴上說得這麼好聽，我也沒看到銀達的成績。』

房檐下：『黃毛丫頭都能評價老企業家？有夠沒禮貌。』

小輝：『這是楚董粉絲的下場？原來楚董還有粉絲嗎？（doge.jpg）』

螺紋：『笑影文化了解一下？還有沒計入本季度財報的《贏戰》。我想知道銀達半年的投資報酬率有多高，才算得上您口中的好成績。』

馬克筆：『有的人被她戳破吃苦耐勞論，開始氣急敗壞了（doge.jpg）。』

娟娟：『各位老闆該不會就是雞湯受益者？』

小紅果：『楚總確實比楚董客觀，她評價齊盛也沒什麼問題，但楚董往期評價她的時候，帶有強烈的個人情緒和主觀色彩。』

草莓醬：『我覺得很有禮貌啊？突然明白楚總不混財經圈的原因，大家是按照聖人標準來要求她？』

夜色濃濃：『作為躺著也中槍的中老年企業家，我客觀評價一下，她除了有點不要臉以外，分析得都很正確。有些老頭子卻玻璃心，沒辦法接受實話。』

天外人：『大家都不要罵楚總！讓楚董自己罵就好，我要看父女撕破臉！』

此時，楚彥印卻對此一無所知。他才剛出差回來，在調整時差的過程中錯過《財經聚焦》的首播，並不知道網路上的風雨。

楚家大宅內，楚彥印像往常一樣下樓吃早餐，林明珠跟其他太太們聚會，正好不在家中。楚彥印獨自用餐，覺得家中過分安靜，吩咐道：「把電視打開吧，我想看一下新聞。」

他時常會聽晨間新聞，或者看看《財經聚焦》的重播。

傭人們的臉上露出猶豫的神色，只好將提前關閉的電視打開，播放日常的新聞頻道。

眾人期盼著楚董別轉臺，但下一秒，楚彥印就覺得新聞無趣，開始切換頻道，成功看到重播。

螢幕上，他的女兒正在大放厥詞，號稱要憑實力做爸爸。

突然被下戰帖的楚彥印：「？」

楚彥印在聽完這些話的第一反應，自然是勃然大怒。他氣得腦袋痛，想立刻打給張嘉年詢問事情的來龍去脈。楚彥印握起手機，又覺得不能師出無名，他冷靜下來後，乾脆好好地把這期的《財經聚焦》看完，試圖搜集其他罪證。

楚彥印怒氣沖沖地點開節目，卻隨著影片內容的推進，心情逐漸平復。

螢幕上的楚楚落落大方，舉止端莊，說話幽默而不失邏輯，跟往常隨性樣子相差甚遠。她在闡述自己的觀點時，眼中彷彿透著亮光，輕易地贏得對方的信服，讓主持人連連點頭。

這是楚彥印完全沒見過的樣子。

畢竟在楚董的眼中，他的女兒最喜歡打嘴炮、闖禍、打群架。要不是家境富裕，大概會變成社會敗類，提著扳手走上不法道路。

楚彥印的心情頗感複雜，又陷入懷疑之中，她究竟是真傻還是裝傻？

她是不是故意跟自己作對，才老是做出這些事情，實際上非常關心齊盛的發展？

楚彥印作為父親的心才剛變得柔軟，重播畫面上的楚楚卻又祭出名言，瞬間打散他的多愁善感。

『是啊，這樣就憑實力做爸爸。江山代有爸爸出，各領風騷數十年。』

楚彥印重新聽到這句話，仍然氣得血壓升高。他想了想，又覺得自己在鬥嘴這方面贏不過孽子，決定採取其他方式來解決此事。

◯

銀達投資內，張嘉年接聽完電話，無奈地向楚楚彙報：「楚總，您被《財經聚焦》封殺了，今後可能都沒辦法再上類似的節目。」

楚董察覺自己在鬥嘴方面比不過楚楚，乾脆直接讓她閉嘴，不允許財經類節目再採訪楚楚，試圖打壓她在財經圈的熱度。

張嘉年頭痛道：「不如您去跟楚董道個歉？這件事就過去了？」

「不要。」楚楚斷然拒絕，寸步不讓，「那我就讓娛樂圈封殺他，誰怕誰！」

張嘉年：「……」

張嘉年：可是楚董在娛樂圈本來就沒熱度？為數不多的討論度甚至是來自於妳？

張嘉年委婉地規勸：「您跟楚董鬧翻的話，以後要怎麼跟齊盛的合作夥伴聯絡……」

楚楚信誓旦旦：「正好不聯絡，老楚的朋友太多，我打人都要左思右想。」

張嘉年吐槽道：「楚董沒有朋友，您打人也要左思……不對，您就不該打人。」

「放心吧，他沒辦法讓我閉嘴太久。」楚楚露出毫不在意的模樣，出言寬慰道，「等銀達賺到錢，有的是人會來採訪，我一天接十個，讓他封殺不完。」

她本來不在乎這種露臉機會，但既然能氣到老楚，何樂而不為？媒體看到銀達發展起來，自然會找上門，到時候老楚怎麼可能管得動？

「……」張嘉年深感這對父女的矛盾難以調解，握手言和之路還很漫長。

楚楚的想法很簡單，齊盛和銀達的發展方向不同，銀達現在主攻的文化娛樂產業，齊盛很難插手。銀達只要逐漸積累起成功的專案，自然而然會有話語權，無人能擋。

《贏戰》彷彿知曉楚楚最近的宏圖大志，它在極短的時間內迅速成長，瘋狂為楚楚的遠大目標添磚加瓦。遊戲一夜之間掀起高度討論，不但召回無數懷舊老玩家，還吸引了許多新玩家。

《贏戰》的起飛點就是那場全服 BOSS 戰，自此之後，遊戲日活躍用戶量節節高升，攀登至下載量第一名。如果按照目前的發展趨勢，《贏戰》很可能成為年度熱門遊戲，持續創造出可怕的營收。

光界CEO梁禪最近可謂眉飛色舞，臉上喜氣洋洋。他不但憑藉《贏戰》完成對賭協議，還突然看到上市希望，人逢喜事精神爽，眼睛都笑彎了。

當然，梁禪沒有忘記背後的大功臣楚總，他見銀達一行人遠遠走來，熱情地迎上前，跟眾人寒暄起來。梁禪提議道：「楚總，我們還是去《贏戰》那邊？」

楚楚點點頭，她來過多次，已經認得路。

銀達不但投資光界娛樂，還特別投資《贏戰》，提供不菲的研發費用。因此楚楚非常關注《贏戰》的發展，每次都會去遊戲團隊的辦公區轉轉。隨著遊戲的火熱，她再次來到辦公區，發現環境變得更加明亮，隊伍也更龐大。

周圍的牆壁簡直煥然一新，貼滿角色海報和概念場景圖。工作崗位上的員工們心情似乎都不錯，他們看到楚總等人過來，頓時出現騷動。

主策劃胖子膽子比較大，笑嘻嘻地搭話：「各位老闆們，現在遊戲爆紅，能不能稍微意思一下呀？」

胖子的本意是希望老闆們能召集大家聚餐，放鬆一下，不料楚總的回覆卻超越他的期待。

楚楚點頭道：「好啊，下班的時候每人領個紅包再走。」

胖子趕忙勸阻：「……您別破費，別破費，吃頓飯就行。」

楚楚平靜道：「我的時間比錢寶貴，你們想吃什麼就自己買吧。」

要是參與聚餐，晚上的私人時間就沒了，不如直接發紅包。

胖子恨不得當場跪下，大喊道：「謝謝老闆！」

眾人見楚總豪氣沖天，居然直接發紅包，頓時尖叫起來。

「我靠，我好快樂，為什麼不能讓楚總代替梁總……梁總有夠小氣。」

「當年升學考失利，無緣進入銀達，現在只能幫小氣老闆工作……」

遊戲團隊私下討論起楚楚和梁禪，同時還將火力轉移到楚總身後的人。

旁邊的人看到跟著楚總的張嘉年，不由竊竊私語：「是他嗎？快看手，快看手！」

「肯定是，我上次去會議室送水，聽到張總的聲音，跟直播裡的ＶＩＲ一模一樣！」有人振振有辭道。

「上次封測的時候，張總也用建築師，我問過銀達的人，目前有資格跟著楚總的男性高管，就只有他一個……」

全服BOSS戰上，ＶＩＲ為楚總下場做舔狗，不但驚呆所有網友，同樣炸翻遊戲團隊。無數網友們跑到官方帳號留言抗議，說楚楚找大神代打有失公允，官方活動設計的不公平。這些話讓光界員工們十分委屈。

策劃及程式設計師：天地良心，這環節不是我們設計的！

遊戲團隊看到ＶＩＲ跟楚總組隊，內心更為震驚。畢竟有些八卦群眾還不了解ＶＩＲ的光輝過去，但對於熟知《贏戰》的研發人員來說，VIR就是電腦版《贏戰》的巔峰縮影。

秦東看到高管們到來，他握著海報徘徊良久，最後還是硬著頭皮上前，主動搭話：「能麻煩您幫我簽個名嗎？」

秦東低著頭，眾人只能看到他的一頭捲毛和眼鏡框，看不到他緊張的表情。

張嘉年見對方遞出海報和筆，不由微微一愣，他遲疑地指了指自己，問道：「是在跟我說話嗎？」

秦東連連點頭，忙不迭道：「我當初花了很多時間在鑽研您的打法。」

早期，電腦版《贏戰》並不像現在這樣完美，遊戲有很多bug，畫面也不精美。許多漏洞都是在大神玩家的探索中發現，並進行改善的，而VIR更是其中的頂尖玩家。雖然秦東是遊戲的研發者，但並不妨礙他對於大神的欽佩。

張嘉年看到海報上的男遊俠，他突然想起過往，一時面露猶豫，沒有說話。

梁禪看張嘉年躊躇，誤以為他害怕楚總不悅。梁禪了解張總助的性格，對方是中庸內斂派，不愛在上司面前出風頭，擅長把自己融入背景。

張總助曾經遊玩的職業是遊俠，楚總現在卻愛選遊俠。他已經在封測和全服BOSS戰時刻意迴避，用建築師配合楚總，顯然是不想搶老闆的光彩。現在秦東拿著男遊俠的海報過來，像是在用張嘉年的技術打楚總的臉，諷刺楚總玩遊俠技術爛。

如果張總助現在簽名，楚總肯定會生氣。

梁禪自以為摸透了張嘉年的顧慮，乾脆主動遞臺階，詢問真正能做決定的人：「楚總，能讓張總幫秦東簽個名嗎？」

楚楚斷然道：「不行。」

秦東面露失望，他沒料到楚總態度如此堅決。梁禪其實知道不該再勸，但他看到秦東的表情，有些於心不忍，冒死解釋道：「楚總，秦東是ＶＩＲ的鐵粉……」

「所以呢？」楚楚雙手抱胸，居高臨下道，「他都沒幫我簽過名，憑什麼先幫你簽？」

秦東：「？」

秦東：這是什麼邏輯？

梁禪突然靈光乍現，心領神會，當即取過秦東手中的海報，附和道：「對對對，真是沒眼力見兒，先把這份給楚總，你自己再去拿一張……」

秦東越發茫然，他是ＶＩＲ的粉絲，所以要簽名海報，楚總又不懂《贏戰》，是在湊什麼熱鬧？

秦東見梁禪將海報搶走，遞給張嘉年。秦東試圖發言：「我……」

「你什麼你，再去拿一張！」梁禪一邊訓斥，一邊朝他使眼色，「下一張就輪到你！」

梁禪：年輕人真是不懂事，先把老闆哄好，自己才能過好！

秦東一臉茫然，他撓撓頭，只好再去拿一張海報。

楚楚對梁禪搶海報的狗腿行為相當滿意，她朝張嘉年道：「簽吧。」

張嘉年握著筆，哭笑不得：「您要我的簽名做什麼？」

張嘉年同樣覺得疑惑，秦東是VIR的粉絲，所以想要簽名，這還能理解，但她明明就不懂遊戲，也不懂他輝煌的過去，為什麼還想要簽名？她又不是沒見過自己的簽名，銀達的一堆資料上都有，很多投資案都是先由他簽名過目再遞給她的。

「你別管我要做什麼。」楚楚揚起下巴，理直氣壯道，「反正他有，我就得有。」

張嘉年：「……」

張嘉年：怎麼聽起來跟任性的屁孩一樣？

楚楚緊緊地盯著張嘉年簽名，態度相當嚴格，叮囑道：「除了真名，還要有遊戲名，必須跟幫他簽的一樣。」

張嘉年好脾氣地簽完名後，將海報遞給她驗收，無奈地笑道：「您看看？」

楚楚滿意地開始檢查，打量起海報上英俊的金髮男遊俠。梁禪看秦東拿著第二張海報過來，立刻開始揣摩楚太子的心思，溜鬚拍馬道：「張總打遊戲的技術還是很厲害啊……」

楚楚揚了揚眉，開口道：「當然。」

梁禪看楚總的態度，總覺得張嘉年的技術彷彿長在她身上，她比本人更得意。

梁禪小聲道：「您再讓張總幫秦東簽一張？」

楚楚隨口道：「簽吧。」

她想了想，突然又道：「既然是鐵粉，是不是有珍藏一些資料？」

秦東剛拿到簽名海報，聞言臉色發白，立刻死死地捂住座位上的抽屜。

楚楚看到他的舉動，立刻對抽屜產生興趣。她不由走上前，好奇道：「我能看看你抽屜裡的資料嗎？」

秦東推了推鏡框，義正辭嚴地拒絕：「楚總，這些都是老舊的資料檔案，讀起來很枯燥。」

「沒關係，我也應該了解一下《贏戰》的過往。」楚楚從善如流地說道，她回頭看了看梁禪，用眼神示意他。

梁禪立即跳出來，替她發話：「既然是資料，打開給楚總看看嘛，又不會搶你的東西。」

秦東：「……」

秦東：鬼才相信妳。

秦東不情不願地打開抽屜，楚楚上前觀摩。其中擺放著一些發黃的紙質資料和海報，還有硬碟，東西並不多。秦東看她眼神專注，不由有些心虛，生怕她下一秒就要搶。

張嘉年瞟到她的眼神，便猜到她想做什麼。張嘉年擔憂楚楚惹秦東不滿，主動解圍道：「您要是實在好奇ＶＩＲ，不如我把帳號給您？這些資料應該是研發用的。」

張嘉年現在已經不玩《贏戰》了，把帳號送給她也無妨，反正往事如煙，不過是留個念想。

楚楚聞言有些悵然，遺憾道：「所以我不能拷貝？」

秦東聽到張嘉年的建議，瞬間心如刀割，他絕不允許楚總玷汙偶像的帳號！

秦東立刻棄車保帥，艱難地開口：「可以拷貝，只是您要等等……」

梁禪左右逢源道：「那皆大歡喜，您稍坐一會兒，等秦東拷貝完就送過來。」

楚楚點了點頭，她今天過來，一是要看看《贏戰》的情況，二是想推動《胭脂骨》的遊戲開發。楚楚臨走前，順利拿到拷貝完內容的新硬碟，不過她仍舊有點不滿意。

楚楚拿到硬碟後，想起抽屜中發黃的海報，問道：「我記得還有海報？」

秦東本以為自己逃過一劫，沒想到楚總記性這麼好。他瞪大雙眼，直言道：「ＶＩＲ就在您身邊，您還要什麼海報？」

張嘉年：「……」

梁禪唯恐楚總生氣，趕忙解釋道：「小孩不懂事……」

「哼，好吧。」楚楚聞言，臉上露出一絲得意，大度道，「那算了。」

秦東見楚總不再追究，心情似乎很愉快，滿臉茫然：「？」

秦東幫楚楚拷貝的，是電腦版的部分資料，其中還有許多超神玩家當年的神操作影像，內容相當龐雜。硬碟中的資料量極大，是秦東多年來用心搜集、整理的成果。

銀達一行人離開後，張嘉年看她頗為滿意地拿著硬碟，不由好笑道：「電腦版的畫面不如手機版，您可能會看不下去。」

《贏戰》電腦版的畫面遠不如現在精美，很多設計都落後於現在的審美。秦東是遊戲迷，自然不在意這些，楚楚卻不一定感興趣。

楚楚坦言道：「我只會挑你的資料來看。」

她哪有時間看那麼多枯燥的資料，挑重點就好。

張嘉年聽她這麼說，一時微赧：「您看這些做什麼？」

他已經不太記得當年的細節，還真不知道硬碟裡有什麼資料。

楚楚挑眉道：「大家都知道ＶＩＲ，我總不能落伍。」

無論是光界娛樂內部，還是網路上的八卦群眾，都在熱烈討論著以ＶＩＲ為首的遠古大神們。楚楚深感不能落於人後，決定惡補《贏戰》電腦版的相關知識。

張嘉年一愣，他沉默片刻，解釋道：「其實時間會美化很多東西，他們心目中的ＶＩＲ

或許沒有那麼好。」

眾人大肆鼓吹遠古大神ＶＩＲ，有可能只是帶著時光的濾鏡，更何況他已經不是ＶＩＲ。

楚楚沒體會到他話中的深意，只是懶洋洋地擺擺手，便轉身上車，隨口道：「我不知道ＶＩＲ好不好，反正張總助挺好的。」

張嘉年心裡微微一跳，沒想到她會如此簡單直接地選擇站在他這邊。他猶豫片刻，終於忍不住評價道：「您要是想哄誰開心，肯定很容易。」

她平時只是不在乎旁人的想法而已，要是真想討誰歡心，大概輕而易舉。畢竟他光是待在她身邊，都能感到輕鬆快樂。

「我為什麼要哄別人？」楚楚心生疑惑，嘀咕道，「我有這麼閒嗎？」

張嘉年看她宛如小孩的反應，笑了笑，沒再多言。

楚楚回家打開硬碟，看到大量的資料後，簡直一頭霧水。她直接搜尋「ＶＩＲ」，瘋狂瀏覽資料，大致明白ＶＩＲ在眾多玩家心目中的地位為何這麼高。楚楚忍不住開始計算，《贏戰》電腦版剛推出的時候，張嘉年似乎在準備升學考，或是才剛上大學？

畫面上，男遊俠的打法激烈突進、鋒芒畢露，誰也沒想到他未來會做建築師。

隨著《贏戰》手機版的火熱，遊戲為公司貢獻不錯的盈利，並呈現快速上漲趨勢，預計本季度的收益會高達六十億元，成為最熱門的遊戲。根據銀達的投資占比，楚楚和銀達僅憑《贏戰》，就可以在本季度拿到不低於三十億左右的進帳，投資報酬率高得嚇人。

一時之間，無數媒體恨不得踩破銀達投資和光界娛樂的門檻，紛紛想要採訪楚楚和梁禪，一探國民級遊戲的誕生之旅。

這些媒體中居然還有《財經聚焦》，節目組看熱鬧不嫌事大，專程跟楚彥印聯絡，委婉表示想要對楚總解禁。不是他們故意跟楚董過不去，只是現在所有媒體都想採訪銀達，顯然法不責眾。

《贏戰》的優秀表現同樣也給部分人一記響亮的耳光，尤其是《財經聚焦》播出後，經常酸楚楚的鍵盤俠。他們原本最愛嘲諷楚楚的決策和銀達的業績，到處宣揚「紈褲子弟論」、「銀達垮臺論」，最近也不敢跑出來唱衰，灰溜溜地避風頭。

胡達書就是其中之一，他在《財經聚焦》播出後，恨不得每週都要陰陽怪氣地暗嘲銀達，儼然成為楚楚的頭號黑粉。胡達書也是企業家，不過是搞漁業起家，距離楚彥印等大咖較遠，但比上不足、比下有餘。

毛尖：『有人總是喜歡在社群帳號上暗諷太子，最近終於閉嘴了@胡達書。』

路小品：『一個季度三十億，一年就是一百二十億，三年下來光靠《贏戰》，距離四百億目標就不遠啦（doge.jpg）。』

胡達書：『娛樂至死，賺這種錢很值得驕傲？』

熊熊：『是是是，我們的錢都臭不可聞，只有您空蕩蕩的錢包芬芳如初（doge.jpg）。』

隆非：『我每次都懷疑楚總得罪過他，不然怎麼會天天追著罵（doge.jpg）。』

雖然《贏戰》的營收成績很好，遊戲團隊卻不敢鬆懈。畢竟電腦版曾經也經歷過輝煌，但最後隨著玩家流失，終於繁榮不復。秦東等人經歷過起起落落，面對手機版的崛起，心態反倒平和許多，繼續認真地策劃後續活動。

《贏戰》想要維持現在的良好狀態，需要源源不斷地推出新活動，用更新內容吸引和留住玩家。很多遊戲因為沒有好的後續內容，便會猶如曇花一現，轉瞬即逝。

《贏戰》手機版決定在下次更新中，開放冰山新地圖，重啟電腦版的經典內容。冰山模式曾在電腦版大受歡迎，但考慮到遊戲進度，手機版並沒有在上線時就釋出冰山地圖。

與此同時，愛果網路卻推出名為《創時代》的新遊戲。

三角：『《贏戰》冰山地圖什麼時候開放啊？我等到花兒都謝了，澈底枯萎。』

瀾瀾：『等不及就去玩《創時代》吧，玩法完全一樣，地圖都開到沙漠了。』

瓜西瓜西：『玩抄襲遊戲還大張旗鼓？』

小羅：『我其實更喜歡《贏戰》，但遊戲進度太慢……今天想玩沙漠地圖，就下載了《創時代》，《贏戰》能不能快點開新地圖！』

大鵬展翅：『手機版才上線多久而已，你們要幾張圖才滿意？』

禮仙：『《創時代》只要儲值就能變強，有任何遊戲難度嗎？真的糟蹋很多玩法。』

九二三：『我沒時間細玩，還不允許我儲值？真無言。』

愛果網路新推出的遊戲《創時代》，玩法跟《贏戰》高度相似，顯然是想要搶奪目前的遊戲市場。因為《贏戰》曾有電腦版，《創時代》便搶先釋出更多未在手機版出現的地圖，瘋狂爭奪潛在的玩家。

很多懷舊的老玩家想要玩後期地圖，卻沒辦法在《贏戰》手機版體驗，便只能先下載《創時代》。同時，《創時代》的儲值效果更好，許多道具和玩法可以直接依靠玩家儲值來解決，並不會像《贏戰》一樣有其他要求。

秦東嘗試完《創時代》的冰山地圖，頓時臉色煞白，失魂落魄道：「真的一模一樣……」

胖子安慰道：「老大，沒事，我們的活動設計得比他們用心。」

話雖然這麼說，但發生這樣的事情，還是讓遊戲團隊沮喪而失望。

「梁總那邊怎麼說？」其他人問道。

光界娛樂和愛果網路再次出現抄襲風波，絕對不是偶然。

《創時代》的惡意競爭很可能影響到《贏戰》的後續收入，然而遊戲業內的抄襲事件向來都不好處理。由於抄襲難以鑒定，很多公司只能忍氣吞聲，就算勉強起訴，也是耗時耗力、筋疲力盡。

「梁總沒說……楚總今天過來，他們正在會議室。」

會議室內，梁禪正在跟楚楚、張嘉年商量對策，探討是否要跟愛果網路打官司。

梁禪是息事寧人派，楚楚則是主動還擊派，雙方各執一詞。

因為《涼山州》與《縹緲山居》之爭在前，現在又加上《創時代》與《贏戰》，事情陡然變得複雜。如果光界娛樂想要打官司，愛果網路必然會提起新仇舊恨，說起《涼山州》，然而此事由於光界證據不足，至今沒有定論。

就算光界娛樂在《贏戰》上勝訴，獲得的賠償也不會太高，甚至沒辦法叫停用高超手段抄襲的《創時代》。此類遊戲官司耗費時間大多都很長，公司花費大量人力物力，最終卻只拿到幾十萬賠償，得不償失。

「如果你覺得代價太高，官司費用可以由我來承擔。」楚楚看梁禪搖擺不定，果斷地提議。

梁禪猶豫道：「楚總，這很可能耗費我們大量的時間和精力，最後得到的回報卻很小……」

「這跟回報無關，就算今天只是一塊錢的賠償，我們同樣要起訴。」楚楚擲地有聲，反問道，「如果你不起訴，以後的團隊就沒辦法帶了，你要怎麼見秦東？」

遊戲團隊憋著一肚子火，領導者能坐穩才怪。

楚楚認真道：「這是態度問題，如果你還想讓光界和《贏戰》活下去，就必須要起訴。」

梁禪看楚楚態度如此堅決，最終被她的話說服，同意起訴的事情。

雖然他已經欣然答應，卻還是遲疑地問道：「那是由光界的法務出面，還是……」

張嘉年鎮定道：「如果光界的法務部覺得人手不足，我們這邊的法務人員也可以幫忙。」

銀達投資和辰星影視由於某些歷史原因，在法務部上的投入極高，培養出許多優秀人才，遠超越同類公司的法務部水準。

辰星影視內，法務部小楊被人通知前往光界娛樂，不由滿臉茫然：「但我下午還要審合約？」

「審什麼合約，出去打官司！」上司恨鐵不成鋼道，「楚總親自發話，你等著打持久戰吧！」

小楊聞言，頓時驚慌不已：「楚總又有什麼要求？」

楚總的名號對於辰星影視和銀達投資的法務部來說，無異於是讓人聞風喪膽的女魔頭。兩家公司因此出現長期合作的法務聯盟，專門處理各類棘手官司，滿足老闆異想天開的各種想法。

楚總上次差點團滅法務部的要求是「向李泰河索賠」，完全是曠日持久的拉鋸戰。

小楊作為此次戰事的經歷者，至今不明白他們當初是如何堅持下來，眾人似乎都是靠優渥的薪酬苦苦支撐。雖然大家都覺得官司不可能會贏，卻因為不願放棄高薪資，便抱著能多一天是一天的心態，最後直接把李泰河拖垮了。

法務聯盟經此一戰成名，聲名顯赫！

雖然官司的結果很美好，但小楊並不想再經歷類似的事情，對心臟實在是太過刺激。這類官司一般是由張總助直接主管，而他恰巧是高效執行派，屬於要求其他人無條件完成楚總任務的魔鬼上司，給人極大的精神壓力。

小楊抵達光界娛樂的會議室，果然看到不少銀達的熟面孔，大多都是經歷過「李泰河之戰」的人。大家被召集到這裡，皆有些惶惶，不知道楚總又會提出什麼非分的要求。

沒過多久，楚總和張總助依次進屋，就連光界娛樂的CEO梁總都出現了。

楚楚望著屋內的眾人，開門見山道：「最近愛果網路的《創時代》對光界的《贏戰》構成嚴重抄襲，今天請大家來這裡，就是想麻煩各位出謀劃策……」

屋內眾人聞言，頓時鬆了口氣，起碼楚總這次是有理的，不像上次找李泰河索賠天價違約金那樣離譜。

小楊小心翼翼地發言：「楚總，您預期的索賠金額是……」

小楊生怕楚總張口又要索賠好幾億，那無異於是再次嘗試團滅他們。

如果回顧遊戲發展史，抄襲與智慧財產權一直都相伴而行。國外也有無數類似的案件，但很多都只是庭外和解或不了了之，極難等到真正的法律處罰，賠償金額大多都不高。

楚楚平靜道：「金額無所謂，關鍵是要讓他們記取教訓。」

眾人皆滿臉茫然，小楊撓了撓臉，疑惑道：「對不起，我不太明白您的意思……」

「即便只賠償一塊錢也沒關係，但我不接受庭外和解。」楚楚坦然道，「這將是一場漫長的戰役，或許會延續十年，甚至幾十年，直到勝訴為止。」

被召集而來的法務們皆震驚不已，就連梁禪聽到這話都大吃一驚。原來楚總只是說要起訴，可沒說要打到勝訴。很多抄襲案都消耗不起大量的時間和精力，最後選擇庭外和解，不可能堅持幾十年。

有人喏喏道：「您可能會為此花費龐大的資金……」

楚楚淡然道：「我看起來像是沒錢嗎？」

「……不像。」

眾人：都是我們太天真，居然懷疑妳的經濟實力。

「除了必要的開銷以外，銀達未來憑藉《贏戰》獲得的全部收入都會投入官司，如果遊戲消失……」楚楚垂下眼，補充道，「剩下的費用就由我個人承擔，直至勝訴。」

眾人萬萬沒想到，楚總如此倔強，這場官司是打算採用跨世紀的打法？

梁禪捫心自問，他作為光界CEO，都不敢做出如此正直而莽撞的舉動。楚總卻有排山倒海的氣勢，要用正義的鐵拳擊倒一切邪惡勢力！

楚總擲地有聲的發言，瞬間點燃臺下人的熱情。既然對賠償金額沒有硬性要求，又有雄厚的資金力量，那他們大可以放手一搏。

「沒問題，堅持在我退休前勝訴……實在不行，我讓我家小孩學法律。」

「時間再長，我們都必須取得勝利！」

「索賠金額肯定要高，不然大家就白忙活了。」

屋內人被楚楚的雄心傳染，不由調侃打趣起來，興致勃勃地準備大幹一場，向愛果網路法務部發起挑戰。法務聯盟再次成功集結，開始搜集證據，起訴愛果網路旗下的《涼山州》和《創時代》侵權。

這個消息宛如一枚震撼彈，炸翻遊戲市場，甚至波及其他產業。

一時之間，上門採訪的記者全都詢問起抄襲案的事情。記者禮貌地詢問道：「您覺得《贏戰》的潛在收益，是否值得漫長而價格高昂的官司？」

楚楚答道：「我覺得這不是收益問題，而是公益問題。」

記者疑惑道：「您的意思是……」

楚楚心平氣和道：「我想傳遞一個生活常識給大家。」

記者試探地說道：「加強智慧財產權意識？」

「不。」楚楚搖搖頭，「是不要隨便踢鐵板，會把腿踢斷的。」

記者：「……」

記者：聽起來還挺殘暴的？

剛開始還有人誤以為楚總是在鬧著玩，但看到她要專門成立公益基金會，眾人才驟然明白她是認真的！

銀達投資宣布，本季度會將憑藉《贏戰》收入的三十億全部投入「真理冰川公益基金會」，作為未來漫長的官司費用。如果某天《贏戰》勝訴，剩餘資金會投入公益方向，幫助各界創作者維護自己的權益，打擊抄襲和侵權等行為。

真理冰川是《贏戰》遊戲中的場景，玩家在萬里冰封中不斷探索，瀕臨絕境時才能發現冰山下隱藏的火焰，並且找到珍貴的燙金之碑。燙金之碑可以瞬間讓角色滿血，還有持續三百秒的無敵 buff 加成，同時刻有一行碑文——

正義與熱血永遠都不會被寒冰熄滅。

《贏戰》遊戲團隊得知楚總的決策時，甚至有人感動到落淚。

秦東從未料到，他心目中狂砍預算的女魔頭，有一天居然會自掏腰包，開始漫長的官司之旅。這是梁禪想都不敢想的事情，在所有人都瞻前顧後、垂頭喪氣的時候，她卻擺出一往無前的氣勢，完全不計得失地投入。

秦東揉了揉泛紅的眼眶，對眾人開口道：「好了，都回去工作……法務現在可比我們努力多了！」

「不就是照抄電腦版的地圖，有本事做出比我們更好的地圖啊。」秦東暗自下定決心，一定要為手機版設計出超越電腦版的新地圖。《創時代》不過是照抄過去的《贏戰》電腦版，但他堅信團隊未來可以超越自己的前作。

網路上，網友們同樣被驚爆的消息炸開鍋。光界娛樂放出律師函，起訴愛果網路旗下遊戲《涼山州》和《創時代》。楚總還專門下場，為所有人介紹新成立的「真理冰川公益基金會」。

楚楚：『正義與熱血永不會被寒冰熄滅，高薪聘請有志之士加入，共同為真理維權@真理冰川公益基金會。』

籃板球：『讓我看看誰的腿會被楚總撞成粉碎性骨折（doge.jpg）』

牛奶巧克力：『看到真理冰川爆哭，您該不會是代表守護與犧牲的黑騎士吧？從今天起我就是楚總的真粉，不再是開玩笑的那種@楚楚。』

維生素：『我數了好幾次，才發現是三十億，楚總這是一言不合，直接氪金三十億？』

藤蔓花：『真是感慨，沒想到我朝遊戲智慧財產權的官司之路，最終被曾遭全網嘲諷的紈褲子弟開啟，讓我想實名想跳槽到光界。』

小黃瓜：『心疼我家楚楚，還沒賺到什麼錢，又要出資做公益（流淚.jpg），媽媽這就上《贏戰》氪金，幫妳早日達成百億目標。』

飛揚的感覺：『你爸叫你出來應戰@愛果網路@《創時代》手機版。』

蘋果樹下咕：『楚總今天帥到炸裂！告死抄襲仔。』

窗明几淨：『太子如此有志向地投身公益，某些人不該通知楚董多給點零用錢嗎（doge.jpg）@齊盛集團。』

昱昱：『有錢又熱血，妳是頭一個。』

「真理冰川公益基金會」在眾多網友的添磚加瓦下，順利登上搜尋排行榜，同時宣告光界娛樂與愛果網路的官司正式開始！

網友們眼見楚總如此強勢，居然直接開幹，立刻群起附和，開始抵制《創時代》。過去還有人懷疑《縹緲山居》抄襲《涼山州》，但這次光界娛樂卻同時將兩款遊戲起訴，搬出研發證據，只求問心無愧。

愛果網路本以為光界娛樂最多是小打小鬧，畢竟上次連個屁都沒放，不料這次楚總直接氪了三十億，瞬間擊垮愛果網路法務部的信心。

不是哪個公司都像銀達和辰星一樣閒，能傾盡全力打官司。很多法務部都是審審合約、搞搞資料，誰會真的像戰鬥民族一樣天天鬧事？

光界法務聯盟顯然身經百戰，首輪交手就要把愛果網路斬於馬下。畢竟法務聯盟內大咖雲集、資金雄厚，弱不禁風的愛果法務部完全沒辦法阻擋，屬於傳說級玩家對新手的碾壓。

愛果網路法務部：誰能跟可怕的氪金玩家對抗？

法務聯盟的一番操作，遠超越常人想像。他們不但以侵犯著作權為由，起訴《涼山州》和《創時代》，還瘋狂地尋找愛果網路的把柄，用虛假宣傳、不正當競爭等多項理由，向愛果網路發起挑戰。

因為涉嫌抄襲的理由很難舉證，耗費時間過長，法務聯盟便從其他方面入手，跟愛果網路正面對決。愛果網路但凡有些舉動，便會立刻遭到法務聯盟起訴。

商標侵權，告你。

虛假宣傳，告你。

不正當競爭，告你。

違反競業限制，告你。

法務聯盟：搞你一時爽，一直搞你一直爽。

愛果網路在法務聯盟的連番騷擾下幾近崩潰，誰能忍受天天被告，公司都快要無法正常進行其他工作！

光界娛樂倒是悠閒，梁禪背靠楚總的大樹，遊戲團隊專心研發，不用擔心外界的紛紛擾擾。愛果網路卻不一樣，本身就是小本經營，根本無力抵擋法務聯盟的攻勢。

法務聯盟可是曾經打敗過李泰河的組織，就連請過優秀律師的當紅明星，都在他們的糾纏下不堪其擾、賠錢了事，更何況是法務部並不出眾的愛果網路？

網路上，眾多網友同樣群情激憤，看到愛果網路的遭遇，恨不得拍手稱快。

碎碎落：『《縹緲山居》最近公布的研發資料比《涼山州》還要早，抄襲仔可以閉嘴了吧？』

小蘭：『光界法務部好猛啊，惹不起、惹不起（doge.jpg）。』

灰雅：『愛果的老闆還不趕快出來道歉？敗訴就等於是在破產邊緣試探（doge.jpg），現在跪地求饒的話，太子說不定能放你一馬？』

玩泥巴：『不准求饒！我家楚總氪了三十億，一定要衝到全伺服器的第一名才行（doge.jpg）。』

櫻桃丸丸：『光界居然有這麼多理由能起訴？』

另一邊，愛果網路的幕後人卻煩惱到掉髮。

新視界公司內，滿臉焦灼的黃奈菲站在辦公室門口，揚眉對祕書道：「我要見彥東哥。」

祕書面無表情，客氣地說道：「對不起，黃小姐，南總說過不想見您。」

「我有正事找他，現在是火燒眉毛的時候！」黃奈菲向來沉著，此時神色卻染上一絲焦躁。這幾日，她一直煩心於光界法務的騷擾，南彥東卻坐視不管。

黃奈菲和南家有一些交情，雖然她稱呼南彥東為「哥」，實際上兩人並沒有血緣關係。愛果網路是南彥東創建的公司，他自從住院後，便不再打理，南家就安排黃奈菲進去鍛鍊。

黃奈菲是懷著雄心壯志進入公司的，她發誓要憑藉自己的能力，贏得南家的刮目相看。

愛果網路的營運確實不錯，《涼山州》也擁有穩定的營收，多家公司也因此有投資他們的意向。《創時代》雖然深陷抄襲醜聞，但收入卻是實打實的，讓公司更上一層樓。

黃奈菲唯一的失誤，就是沒想到會在光界的鐵板上踢斷腿。楚總大手一揮就丟出三十億打官司，完全是要將愛果網路搞垮的排場。

雖然侵害著作權很難判決，但商標侵權、不正當競爭等理由卻非常容易，加上法務聯盟戰鬥力強大，索要天價賠款，還是讓人吃不消。要是愛果網路敗訴，大概會賠上鉅款，直接宣告破產。

法務聯盟向來是不管對方出不出得起，先漫天要價再說，打法穩進。

愛果網路是不可能跟其抗衡的，唯一的辦法就是求助新視界和南家。

「讓她進來吧。」

黃奈菲在辦公室門口糾纏許久，終於聽到屋內傳來南彥東的聲音。

黃奈菲進屋時，正好看到南彥東在研究琴譜。她總覺得南彥東的變化極大，似乎從他出院後就像換了個人，變得兩耳不聞窗外事，重新開始玩音樂。

南彥東原本上心的愛果網路及《涼山州》直接擱淺，還丟給黃奈菲管理，重金簽下的李泰河也被拋到腦後，沒事就彈琴。

黃奈菲並不知道南彥東住院的理由，南家對此事祕而不宣，但她發現，南董對出院後的南彥東莫名有種補償心態。

黃奈菲哪會知道，南董是悔恨自己貿然答應相親的舉動，讓兒子慘遭扳手攻擊，這才會下意識想彌補南彥東。

黃奈菲見南彥東悠閒地看著琴譜，她想到自己近日的煩躁，一時氣火攻心，面上卻委屈道：「彥東哥，你為什麼要這樣對我？」

南彥東抬頭看她一眼，難得嚴肅道：「我早就跟妳說過，不要動《贏戰》。」

「可是你當初不是也想挖角《贏戰》的團隊？而且光界還抄襲過《涼山州》，我最多是以牙還牙……」黃奈菲振振有辭，據理力爭道。

「《涼山州》和《縹緲山居》只是個巧合，對方不是也列出證據了？」南彥東開口道，「但《創時代》抄襲《贏戰》卻是板上釘釘，誰都看得出來。」

南彥東同樣不明白《涼山州》和《縹緲山居》高度相似的原因，他確實隨口說過遊戲想法，卻早已忘記靈感是從哪來的。自從他出院後，部分記憶就模糊了。兩款遊戲的策劃幾乎是同時進行，外人很難判定是誰抄襲。

現在黃奈菲做出《創時代》，無疑是將愛果網路置於不義之地。畢竟《贏戰》電腦版早在十年前就推出了，誰抄誰一目了然，愛果網路根本無法洗脫抄襲罪名。

黃奈菲辯解道：「市場競爭都是殘酷的，這是國內遊戲的正常現象……」

南彥東語氣和緩，措辭卻不客氣：「妳去跟光界的法務說這句話吧。」

南彥東當年也是《贏戰》的老玩家，雖然他後來投身音樂，但並不妨礙他對情懷遊戲的袒護。

黃奈菲氣不打一處來，但她還是強忍著怒火，好聲好氣道：「彥東哥，愛果好歹是你創立的，現在只要新視界幫我介紹好的律師團隊，還有回旋的餘地……」

南彥東搖搖頭：「最好的團隊都在銀達，妳肯定沒戲了。」

南彥東沒有撒謊，銀達的主要目標是文化娛樂產業，加上大老闆又是愛惹事的人，法務自然強大。

桌面上，南彥東的手機鬧鐘突然響起，他看了時間一眼，自然地起身：「抱歉，我接下來還有事，先走一步。」

黃奈菲看他完全沒有要為愛果網路出頭的意思，恨不得咬碎一口銀牙。她面色鬱鬱，詢問祕書：「他要去做什麼？」

祕書禮貌道：「南總要去教人彈琴。」

黃奈菲：「？」

黃奈菲心中彷彿鬱結一團火氣，強自鎮定道：「又是那個女的？」

祕書沒有說話，但黃奈菲已經在他的沉默中讀懂答案。

黃奈菲內心驟然升起怨恨，不滿上天的不公。這些天之驕子可以輕而易舉地獲得她渴望的一切，再肆意揮霍天賜的禮物，而她卻要苦苦掙扎奮鬥，才能勉強摸到夢想的邊緣，只要稍不留神，便會遭人擊垮。

楚楚可以一擲千金，南彥東可以不問世事，只要他們的家族沒有倒下，他們就有充足的任性資本。

她明明不比他們差，憑什麼被踩在腳下？

黃奈菲不願再伏低做小，討好毫無志氣的南彥東，他根本不配接管南風集團。她要擊垮南家人，主導自己的命運，再對齊盛太子發起反擊。

君子報仇，十年不晚，日子還很長呢。

新視界沒有出面援助愛果網路，致使愛果網路直接潰敗，最終敗訴，被判賠償光界娛樂八千萬，公司遭遇重創。

雖然賠償金額相較《創時代》的收入算低，但愛果為了搶先光界娛樂發布遊戲新地圖，投入的研發成本更高，資金鏈便出現困難，一時難以經營下去。許多企業擔憂輿論影響和楚總報復，又不敢助力愛果網路，直接將黃奈菲逼到走投無路。

同時，隨著遊戲玩家對《創時代》的抵制，愛果網路想要拖延營運時間，努力創造更多營收的念頭也受到打擊。《贏戰》手機版新推出的歲月流金地圖一掃團隊的頹喪之氣，靠靜雅的畫風和新玩法吸引無數玩家回坑。

《贏戰》手機版官方帳號發文宣傳新地圖，還順帶暗諷了《創時代》。

《贏戰》手機版：『經典會被模仿，但從未被超越，開啟最美的歲月流金。』

歲月流金地圖是電腦版沒有的內容，秦東等人在腦海中構思多年。新地圖在發布後，立刻引來玩家瘋狂追捧，遊戲日活躍用戶突破新高。

愛果網路在內外雙層夾擊下苦苦支撐，終於力竭倒下，宣告破產。

楚楚信守承諾，讓真理冰川公益基金會接受各界創作者的求助，幫助他們打官司。當然，如果以後銀達相關版權再次遭受侵權，法務聯盟還會依靠公益基金會的資金再次出現，把對方告到傾家蕩產。

真理冰川公益基金會讓楚楚獲得美譽，然而楚董卻為此要找她面談。

張嘉年對這對父女的爭鬥習以為常，他只想當一個毫無感情的傳話筒，麻木地說道：「楚總，楚董約您晚上回大宅用餐。」

楚楚一邊低頭看手機，一邊拒絕道：「不行，我已經答應雅芳阿姨，晚上要陪她吃飯。」

張嘉年：「？」

他頓時如夢初醒，面露震驚，艱難地問道：「……您要跟誰吃飯？」

楚楚抬頭，看著他略顯驚惶的神色，無辜道：「張雅芳女士？」

楚楚不明白他如此驚訝的緣由，神色倒是相當坦然。

張嘉年頭痛欲裂，有種世界末日來臨的感覺。他再次問道：「……妳們為甚麼要一起吃飯？」

他的頂頭上司要跟他媽媽吃飯，而他居然對此一無所知？

楚楚眨眨眼，反問道：「吃飯還需要理由嗎？」

張嘉年感覺跟她有理說不清，乾脆直接打電話給張雅芳，詢問前因後果。電話接通後，張雅芳不耐煩地開口：「幹嘛？」

張嘉年本來滿腔疑惑積在心中，聽到她的口氣又瞬間退縮下來，小心翼翼地問道：「妳晚上要跟楚……楚楚吃飯？」

張嘉年差點脫口而出「楚總」，又想起張雅芳不明真相，強行轉換稱呼。

「對！」張雅芳不知道在忙什麼，回答得言簡意賅。周圍的聲音卻相當嘈雜。

「妳們為什麼要一起吃飯？」張嘉年問完，微微皺起眉頭，「妳又在打麻將？」

「關你屁事！」張雅芳說完，立刻叫道，「胡了！給錢，給錢！」

張嘉年：「……」

張嘉年：「我晚上要回家吃飯。」

張雅芳：「你回來幹嘛？去加班。」

張嘉年：「……」

張嘉年恨不得搖醒張雅芳，在內心瘋狂吐槽：妳把我老闆找去吃飯，我就沒有班可以加了！

張雅芳忙於麻將大業，顯然無心搭理內心凌亂的張嘉年，毫不客氣地掛斷電話。張嘉年發現電話被掛斷，最後只能無奈地詢問楚楚聚餐的地點，要求陪同前往。

楚楚想了想，真心誠意地提議：「不如我們交換父母，你去陪老楚吃飯？」

她覺得將楚彥印晾在一邊也不太好，倒不如派遣張嘉年代替她出席，正好兩全其美。

張嘉年心道，如果自己待在大宅，肯定會被楚董揪著談話。他想了想，開口道：「下班後我送您過去。」

楚楚揚眉：「那老楚怎麼辦？」

張嘉年面露遲疑，最後硬著頭皮打電話給楚彥印的祕書，佯裝鎮定道：「楚總臨時加開會議，今晚可能來不及回大宅，勞煩您在楚董結束會議後轉告。」

楚楚見張嘉年掛斷電話，語氣悠然地打趣：「原來張總助也會撒謊。」

張嘉年：撒謊的原因是什麼，妳應該比誰都清楚？

正當他內心腹誹，又見楚楚開始收拾東西，一副準備離開的樣子，當即疑惑道：「您要去哪裡？還沒有下班。」

楚楚義正辭言：「我難道不能幫自己批准事假？」

張嘉年：「……」

第七章　彌補小朋友

張嘉年生平第一次達成翹班成就，居然是在自己老闆的帶領下。楚楚從公司離開，並沒有馬上赴約，而是讓張嘉年將車開到燕晗居。

楚楚上樓換了身衣服，等重新上車時，她身著休閒裝，頭戴鴨舌帽，看起來就是樸素的鄰家女孩，彷彿還未出社會。她皮膚白皙，眼神清澈，竟讓人略感稚氣。

張嘉年從未見過她如此打扮，一時心情微妙，忍不住道：「您還特意偽裝？」

他覺得楚楚為了混淆張雅芳的視聽，不被對方看穿真實身分，簡直煞費苦心。

「什麼意思？」楚楚不懂他的心思，茫然道，「喝茶本來就不用穿得這麼正式。」

當汽車停在茶館的門口時，張嘉年終於理解楚楚換裝的原因。

午後的陽光懶洋洋地灑在波光粼粼的水面上，臨水是一排露天的茶座，不少悠哉的長輩們聚集在此，正在喝茶、吃瓜子、聊家常。張雅芳在老家養成了喝茶的習慣，就算她離開故土，也沒抹除家鄉的印痕，喜歡到這種茶館曬太陽。

張嘉年陡然進來，直接成為全場焦點，衣冠楚楚的他在如此懶散隨意的環境中顯得格格不入。張總助不常喝茶，且基本都在工作場所，從未來過如此煙火氣的地方。

楚楚看他略顯侷促，忍不住調侃：「你該不會是流落民間的貴公子吧，看起來還沒我接地氣？」

張嘉年抿了抿唇，倒也不惱，應道：「我的適應力確實沒有您這麼好。」

張雅芳早就占好位置，遠遠地朝楚楚招手。她看到尾隨其後的張嘉年，面露不悅：「你怎麼也跟來了？」

張嘉年被母親如此嫌棄，辯解道：「我跟妳說過的……」

他在電話裡早就說過，自己晚上也要過來，張雅芳女士是全當耳邊風？

張雅芳不滿道：「帶著你很麻煩。」

張嘉年：「？」

張嘉年再次確信，自己是張雅芳親生的，後媽斷然不會如此殘忍。

張雅芳面對楚楚，態度卻和緩不少，她樂呵呵道：「晚上吃火鍋！」

楚楚被張雅芳的情緒影響，贊道：「好耶！」

張嘉年脫下稍顯隆重的西裝外套後，默默地坐在角落裡，看著兩人聊得熱火朝天。他在來此之前，唯恐楚楚和張雅芳會冷場或有碰撞，現在卻驟然發現，自己才是三人故事中，不配擁有名字的配角。

楚楚懶洋洋地窩在座位上悠閒地喝茶、嗑瓜子，聽張雅芳講述跳廣場舞的故事。她們上聊至養生話題，下聊至日常生活，話題的瑣碎程度遠超出張嘉年的想像，簡直是提前邁入中老年生活。

張嘉年趁張雅芳跟旁邊的老友敘舊，這才找到跟楚楚搭話的空閒。他回頭一看，發現她已經舒適地瞇上眼，恨不得在微暖的陽光下小睡片刻。

張嘉年無力道：「您背著楚董在這裡偷閒，是不是不太好？」

他本以為楚楚和張雅芳見面是有大事，沒想到她們只是喝茶閒聊，居然為此將楚董拋在腦後。

楚楚聞言後垂下眼，輕聲道：「我又沒什麼朋友，難得出來一趟。」

張嘉年微微一愣，見她神色平靜，眼神卻稍顯落寞，這才想起她並不是這裡的人。在這個世界，她沒有熟知的親朋好友，平日又被工作追著跑，的確過於枯燥。

張嘉年看她低頭，有些自責，說道：「我並不是在責怪您……」

楚楚失落地控訴：「我知道，你們都只關心我飛得高不高，卻不關心我飛得累不累。」

張嘉年：「我沒有那個意思……」

楚楚卻沒有住嘴，反而變本加厲。她佯裝掩淚，委屈道：「我飄零此地，本來就沒什麼朋友……難得阿姨跟我志同道合，本以為可以偷得浮生半日閒，卻還被你指責。」

張嘉年：「……對不起，是我的錯，您玩吧。」

她都把話說到這個份上了，他還是趁早閉嘴比較好。

張雅芳跟旁邊人聊完後，回來對張嘉年道：「結帳吧，換個地方。」

張嘉年萬萬沒想到，他跟過來的結果就是結帳，只得無可奈何地起身離開。

張嘉年剛被支開，張雅芳便慫恿楚楚道：「我們自己玩就好，別帶他！」

楚楚有些猶豫：「不好吧？」

張雅芳振振有辭：「帶他還要點鴛鴦鍋！」

楚楚立刻坐起身，痛快地問道：「現在就走？」

張嘉年結完帳，看著空無一人的座位，內心感到一絲崩潰：「……」

他勉強打起精神，詢問服務生：「您好，請問剛才坐在這裡的人呢？」

「走了。」

張嘉年早該猜到，他永遠都無法看破楚總和張雅芳女士的套路。

晚飯，張雅芳果然帶著楚楚去了附近知名的火鍋館，熱氣騰騰的火鍋一上桌，辛辣的香氣也隨之撲鼻而來。礙眼的人消失，她們頓時感到暢快，愉快地涮起毛肚。

楚楚本來因為拋棄張嘉年而有點愧疚，但她在面對火辣辣的美食後，早已揮去心中的歉意，疑惑道：「張總助不擅吃辣？」

照理來說，張嘉年是張雅芳的兒子，口味應該一脈相承，但他卻喜歡清淡的食物，對辛辣之物興趣不大。

張雅芳盯著火鍋，頭也不抬道：「跟他爸一樣，沒辦法吃辣！」

楚楚頭一次聽到張嘉年父親的消息，不免好奇道：「叔叔是個什麼樣的人？」

說起來，她還從未見過張嘉年的父親，更沒聽他提起過。

既然張嘉年跟媽媽姓，背後肯定有故事。楚楚平時沒機會詢問，此時倒是一個不錯的時機，可以順著張雅芳的話問出來。

「別提那個王八蛋！」張雅芳夾完菜，怒火沖天道，「最好不要再讓我看到他！」

楚楚好奇心更盛，她主動幫張雅芳夾菜，追問道：「他做了什麼？」

楚楚和張雅芳都是毫不做作的爽快性格，加上楚楚有意探尋消息，兩人很快就相談甚歡。原來，張嘉年的父親跟其他人合夥做生意，卻賠得血本無歸，留下巨額債務後直接逃跑，多年來不見蹤影。

張雅芳能得知消息，也是因為有許多債主找上門，開始騷擾母子二人的生活，才發覺張父跑路。張雅芳的個性暴躁，言辭相當潑辣，沒被債主們嚇破膽，但張嘉年的童年生活顯然不太美好，幾乎是膽戰心驚。

楚楚一愣，沒想到自己的小朋友身世如此淒慘，關切道：「債務很多嗎？」

張雅芳說起往事，頗有歷經風浪的淡定，擺擺手道：「還好吧，也就幾千萬。」

楚楚心想，張嘉年童年時的千萬債務絕對是一筆鉅款，畢竟那時的平均房價不高。她總算明白張嘉年擁有高薪，卻身居老舊國宅的原因，大概跟債務也有關係。

張雅芳的語氣大大咧咧，但描繪的故事並不輕鬆。父親拋妻棄子，留下一屁股債務後不知所蹤。母子二人生活在最貧困的地區，由於債主的威脅騷擾被房東驅趕。親朋好友皆聞風而逃，不敢出面支援，那是一段暗無天日的日子。

「要不是楚先生幫忙，我早就抱著嘉年跳樓……」張雅芳喃喃道，隨後又反應過來，「妳也姓楚？看來我跟楚家人很有緣份！」

楚楚疑惑道：「……楚先生？楚彥印？」

張雅芳點點頭：「是啊。」

楚楚沒想到老楚在回憶中擁有戲份，她頗感意外，推測道：「他借錢給你們？」

楚楚想起南彥東傳給張嘉年的訊息，要向老楚報恩，莫非是借過錢？

張雅芳搖搖頭：「他就是債主。」

楚彥印就是被張父騙最多的冤大頭。

兩人本來是好友，互相信賴便合夥做生意。張父卻在經營不善後立刻跑路。楚彥印怒火沖天地上門要錢，才發現曾經的好友欠下無數債務，只留下孤苦伶仃的妻兒。他看著被油漆潑髒的破舊鐵門，跟小男孩警惕可憐的眼神，想到自己錦衣玉食的女兒，在對比下竟於心不忍。

虎毒不食子，如果換做是他，他死也不會丟下自己的孩子。

「反正他都欠我這麼多了，不差這一點。」

「生意歸生意，但我好歹是個人。」

這是楚彥印當時的原話，成為父親的他，不忍看見孩子受苦，乾脆替母子倆償還其他債務。他掏錢打發掉其他人，順利榮升為張家唯一的債主，不但沒有強求母子倆立刻還錢，甚至還幫助張嘉年重返校園。

「商人一諾千金，我等你長大再來還這筆錢。」楚彥印向年幼的小男孩伸出手指。躲在母親身後的小男孩猶豫片刻，最後才鄭重地伸出手，跟楚彥印打勾勾。

長大後的小男孩同樣是信守承諾之人，他一畢業就進入齊盛集團，憑藉出色的能力扶搖直上，甚至成為太子的得力助手。

楚楚沒料到往事中的楚彥印如此偉大，不免對自己的父親有所改觀，這簡直是以德報怨的故事典範。她試探道：「所以張總助是工作後才還清債務的？」

小男孩長大成人後，靠自己的努力和打拚完成童年承諾，也算是最美好的結局。

張雅芳說道：「沒有那麼久，他上大學時老家在拆遷，我賣了幾套房子還了錢，剩下的買了現在這一套。」

「……」楚楚聞言後甘拜下風，當即江湖式抱拳，「佩服佩服，女中豪傑！」

沉重的話題在火鍋中隨風而去，兩人吃飽喝足回家，一進門就看到沉默地坐在客廳的張嘉年，用譴責的眼神注視著她們。

張雅芳對於拋下他的事情毫無愧疚，反而率先問道：「你不用去加班？」

張嘉年緊盯著若無其事的楚楚，意有所指：「我老闆今天放假。」

他的頂頭上司跟自己的媽媽跑出去玩一天，他哪裡有班可加？

張雅芳：「不然你去隔壁的飯店湊合一夜？」

張嘉年：「？」

張雅芳：「我以為你今天不會回來……」

張嘉年如果通宵加班，通常會在公司內的休息室小憩，不會回家。張雅芳早就說好要讓楚楚留宿，沒想到張嘉年居然也回家，頓時很不方便。兩個女人在家自由自在，如果他也留下的話，反倒有點奇怪。

楚楚趕忙道：「沒事，我去隔壁的飯店……」

張雅芳伸手制止，她看向張嘉年，真心提議：「不如你打個電話給老闆，主動要求加班？」

張嘉年：「……」

張嘉年：他當時或許該答應楚總交換父母的建議？

張嘉年最終沒有被趕出家門，原因是兩人需要他做牌搭子。

深夜，張家。

張雅芳在結束牌局後昏昏欲睡，收拾完便回房休息。張嘉年任勞任怨地將客房整理好。他看向楚楚，進行講解：「如果您晚上要喝水，飲水機旁的櫃子裡有乾淨的杯子，漱洗用品可以拿全新的，衣櫃裡有備用的棉被。」

「當然，您現在想回燕晗居也來得及，車就停在樓下。」張嘉年冷靜地補充，回頭便看到她撲在床上，毫無形象地躺成大字型。

楚楚將臉埋進擁有陽光味道的枕頭裡，悶聲道：「當然要住下來。」

張嘉年：「……您明天早起是要去做什麼？很重要嗎？」

張雅芳把楚楚留下的原因很簡單，她們週六居然還有計劃，而且似乎要早起。

「很重要。」楚楚義正辭嚴，「去看阿姨跳廣場舞。」

張雅芳是中老年廣場舞的C位，楚楚要前去為她應援。

張嘉年：「……」

楚楚看他露出無語的神情，漫不經心道：「我和阿姨聊了一些往事。」

張嘉年一愣，不知道張雅芳說到什麼程度，畢竟在他的記憶中，以前的事情沒有半分美好。他輕輕地垂下眼，應聲道：「嗯。」

他想了想，又覺得如此答覆過於簡單，加上一句：「看來您跟她確實相處得挺好的。」

張嘉年算是感受到楚楚的社交能力，只要她想跟誰搞好關係，沒有拿不下的人。

楚楚懶洋洋地賴在床上，她一邊閉目養神，一邊開口道：「我週日會回大宅，你幫我約一下老楚。」

張嘉年略感詫異，沒想到她竟然如此懂事。他本以為楚楚會賴掉此事，現在居然主動提議見楚董。他哭笑不得：「您今天都聽到了什麼？怎麼突然改變想法？」

依照楚楚過去的行為，她簡直可以出書，名為《逃避董事長面談的一百種方法》。張嘉年每次接到通知她回大宅的任務，都直接選擇放棄。

張雅芳到底灌輸了什麼觀念給她，教育成果如此顯著，他覺得自己有必要學習一下。

楚楚聞言後坐起身，看著他在燈光下柔和的神色，想起張雅芳描繪的故事，一時無言。

她聽到有個小男孩在放學路上，被債主圍堵，對方竟以此威脅他的母親盡快還錢。

她聽到有個小男孩因為家境貧寒，主動棄學，忍痛撕碎自己過去所有的榮譽狀。

她聽到有個小男孩重返校園，努力寒窗苦讀，打算用一生去償還跟他無關的債務。

這都是她沒有參與的故事，甚至在原書中毫無記載。

如果沒有楚彥印的不忍，或許張嘉年在小說中，連路人甲都做不了，開局即退場。

楚楚的心情略微複雜，但她還是佯裝輕鬆地答道：「沒什麼。」

她無法改變那段光陰，現在說什麼都是虛偽與徒勞。

張嘉年從她的語氣中讀出淺淺的情緒。他思索片刻，寬慰道：「其實很多事情早就過去了，您把它當故事聽聽就好，不必放在心上。」

張嘉年猜測張雅芳全盤托出，雖然沒有被揭開傷疤的感覺，只是不想將這些沉重的過往壓在她心上。他過去曾經怨過、恨過，唾棄世人口中的父愛，直到度過偏激的年紀，才發覺一切都已經風輕雲淡。

楚楚不料他心胸如此寬廣，遲疑道：「你不怪他嗎？」

「不怪。」張嘉年笑了笑，「人生都會有缺失的遺憾，只要能放下，就是跨過去了。」

楚楚沉默片刻，認真地許諾：「我來彌補你缺失的遺憾吧。」

既然她改變不了過去，好歹可以更新未來。

張嘉年聽到她鄭重的語氣，心底突然柔軟下來。

他無可奈何地笑了，溫和地反問：「您要怎麼彌補？」

楚楚：「我可以當你的爸爸，彌補你缺失的父愛。」

張嘉年：「……」

張嘉年不知道她有什麼樣的執念，才會產生如此洶湧的父愛，想要做所有人的爸爸，到處占人便宜。

張嘉年艱難道：「嗯，謝謝您，不用了。」

「阿姨說，你小時候有過不少遺憾。」楚楚沒看出他微妙的神色，喋喋不休道，「我可以帶你去遊樂園、電影院，每天幫你穿衣服，帶你放風箏，陪你去果園採水果，接送你上下學……上下班？」

張嘉年聞言，腦中理性的弦處在斷裂的邊緣，他勉強維持著溫和的語氣：「楚總，我今年二十九歲，不是九歲。」

楚楚滿臉真誠，厚顏無恥地補刀：「在爸爸眼裡，你永遠都是孩子。」

張嘉年：「……」

張嘉年伸手提醒：「您臉上沾到髒東西。」

楚楚詫異地摸摸臉，疑惑道：「哪裡？」

張嘉年見她毫無防備，鬼使神差地伸手，一把捏住她臉上的酒窩。她眉飛色舞、大放厥詞的時候，小小的酒窩就會若隱若現，彷彿灌滿主人的得意。

張嘉年露出無懈可擊的笑容，聲音低沉，反問道：「您要做誰的爸爸？」

張嘉年：孩子會嘴砲，多半是寵出來的，捏捏就好了。

「你這是以下犯上，目無尊長！」楚楚瞪大雙眼，她慘遭捏臉，頓感丟了面子，試圖反抗卻未果。

張嘉年捏她的力度不大，只是看著她胡說八道的樣子就生氣，便忍不住伸出魔爪，教育道：「忠言逆耳利於行，您今天不但翹班，還一聲不吭地偷跑，真是不像話……」

張嘉年在喝茶時，想著她難得放鬆，本來不想出言掃興，沒料到她如此倡狂。

張雅芳帶著楚楚逃跑，完全沒有留下任何消息，直接放生張嘉年。張嘉年打了無數通電話給楚楚，她沒心沒肺地當作不存在就算了，現在還喜孜孜地跑回來，信誓旦旦地說要當他的爸爸？

楚楚掙脫不開，像是被人制住的貓，面上卻仍佯裝鎮定。

她嚴肅地拍拍他的手，強作威嚴：「別鬧，看在是你，我就不跟你計較……」

要是換個人捏住她的臉，她肯定要打爆對方的頭！

張嘉年捏著她的臉，宛如揪住貓的脖子，打趣道：「您要怎麼計較？修士要用雷劈我？」

楚楚語出威脅：「你再不鬆手，我就去跟阿姨結拜，直接認她當姐姐！」

張嘉年：「……」

張嘉年：怎麼一天到晚都想做自己的長輩？

張嘉年看她滿臉不服，這才稍感解氣，鬆開她的酒窩。他心情平復下來，自然語氣和緩，恢復往常的態度：「我明天會跟楚董聯絡的，您早點休息吧。」

楚楚一邊揉臉，一邊揚眉道：「我最近是不是把你寵壞了？變得這麼得意忘形。」

張嘉年：「……」

張嘉年跟楚楚完成幼兒園級別的過招，再幫她將其他生活用品打點妥當，便溫聲道：「晚安。」

「晚安。」楚楚悶聲道，她揉了揉臉，似乎對他剛才的突襲耿耿於懷。

張嘉年看著好笑，他在離開前輕輕地將門帶上。楚楚目送他離開，她用鏡子照了照，發現臉上雖然沒有任何印子，卻有一股溫暖的觸感停留在臉頰上一時揮散不去，讓人心煩氣躁。

楚楚氣急敗壞地仰躺在床上，心想剛才應該把他的臉捏紅，以解心頭之恨！她翻了個身，忽略心頭怪異的感覺，將自己埋進柔軟舒適的被子裡，聞著乾淨而清新的味道，陷入夢鄉。

楚楚在張家度過了半個愉快的週末，不但實地觀摩中老年人跳廣場舞的盛況，還帶走了張雅芳送的藤椒油和臘腸。張雅芳相當大方：「想吃再來拿，我會讓老家的人寄過來。」

楚楚和張嘉年站在門口，跟張雅芳告別。她接過禮物，坦然道：「謝謝雅芳姐。」

張嘉年：「？」

他親耳聽見自家老闆對母親的稱呼，一時一頭霧水。

楚總居然稱呼她的母親為姐姐，輩分直接往上跳。

大門關上，張嘉年站在門口，忍不住提醒：「您的稱呼似乎有點問題。」

楚楚：「別那麼小氣嘛，你也可以叫『楚哥』，我不介意。」

張嘉年：「……」

張嘉年：你不介意，但董事長會介意。

週日，楚楚果然信守諾言，跟張嘉年一同前往郊區大宅。大宅內，林明珠原本正抱著狗狗曬太陽，她看到楚楚進屋，立刻扭頭佯裝不見，只恨自己沒躲進房間。

林明珠在心底嘀咕，只希望楚楚沒看到自己，大概是怕什麼來什麼。楚楚主動打招呼道：「嘿，後媽，好久不見？」

林明珠這才轉頭，露出虛偽的假笑，掩嘴道：「楚楚和嘉年來啦。」

楚楚點點頭，她突然想起聚會的賭注，問道：「後媽怎麼沒有送湯給我？」

林明珠當初答應要幫楚楚送一個禮拜的湯，都已經過去這麼久了，楚楚卻連她的人影都沒看到。楚楚本來忘記此事，但今天見到林明珠，頓時又想起來。

林明珠乾笑著嘲諷：「我怎麼都不知道妳那麼喜歡喝湯？」

楚楚笑了笑，悠然道：「我不喜歡喝湯，但我喜歡逗妳啊。」

「……」林明珠被楚楚的話噁心得半死，一時說不出話來。

「她要喝就幫她燉，現在時間還早。」楚彥印不知何時已經站在樓梯旁，突然出聲道。他頭髮花白，在家裡沒有穿正裝，雖然衣著看起來很居家，但臉上威嚴不改，眼角似乎又添皺紋。

楚彥印環顧一樓的眾人，他沒有先找楚楚，反而開口道：「嘉年，你上來一趟。」

「好的。」張嘉年稍感詫異，但他還是不卑不亢地應聲，率先上樓。

楚楚沒有立刻被點名，她索性大大咧咧地坐在沙發上，隨手切換電視頻道。林明珠見她如此淡定，陰陽怪氣道：「妳爸如此看重張嘉年，妳居然還坐得住？」

楚楚以前對張嘉年懷抱敵視態度，她趕走過不少總助，但最大的眼中釘就是張嘉年。張嘉年那時頗有一種「別人家的孩子」的感覺，是楚彥印教育原書女配角的比較對象。睚眥必報的女配角自然不服，只是暫時抓不住張嘉年的過失，所以師出無名。

林明珠卻在這幾次的接觸中，發現兩人的關係日益變好，簡直是同進同出。她不免感到疑惑，乾脆出言挑撥，試試楚楚的態度。

楚楚懶洋洋道：「我有什麼坐不住的，他都已經一把年紀了，何必跟他搶關注度。」楚彥印平時不常跟張嘉年見面，且曾經幫助過張家，確實稱得上是張嘉年的恩人。她以前還有點不滿，但現在得知過去的故事，便不會小心眼地計較這一次的單獨談話。

林明珠愣了一下，覺得對方挑錯重點。她輕輕地冷哼一聲，嗤笑道：「我聽說妳爸想把張嘉年調回齊盛，妳現在都還沒接手過齊盛的事務吧？他算是先妳一步，要進入核心了。」

楚楚聞言後，褪去臉上的懶散，她沉默片刻，靜靜地看向林明珠，問道：「真的？」

林明珠陡然撞上她深不見底的眼神，一時有些心虛，硬著頭皮道：「當然是真的，我親耳聽到你爸打電話……」

「不行！」楚楚抿了抿唇，淡淡道，「我要把事情鬧大。」

林明珠挑眉，冷嘲熱諷道：「妳能怎麼鬧？」

林明珠心想，楚楚這麼長時間都沒趕走張嘉年，肯定鬧不起來。

楚楚的腦迴路卻跟林明珠不一樣，她心中略有不爽，老楚居然打算挖人，這事實在忍不了。既然老楚將張嘉年派遣到銀達，就別想再調回齊盛，到她手裡的人和物，絕對有進無出。

楚楚抬頭，她瞥見林明珠幸災樂禍的神色，突然道：「後媽，如果我綁架妳來威脅老楚，讓他不准搶人，會有效果嗎？」

「……」林明珠本來還在暗爽，卻在聞言後立刻退後一步，警惕地盯著楚楚。

楚楚人畜無害地笑笑，語氣柔和：「怎麼了？後媽。」

林明珠想起上次突然被她揉臉，怯怯地警告道：「我告訴妳，如果妳敢動手，我就要叫了……」

「可憐，來姐姐這裡。」楚楚像是沒看到林明珠的慌張，她彎下腰，朝一旁的貴賓犬招招手。貴賓犬略顯猶豫，卻還是乖乖地跳進楚楚的懷裡，討好地蹭了蹭她。

楚楚揉了揉毛茸茸的貴賓犬，稱讚道：「真乖。」

貴賓犬興高采烈地搖尾巴，它還是第一次跟楚楚親密接觸。

楚楚臉上的笑容溫和，但在林明珠的眼中，就像是魔鬼般的笑容。林明珠厲聲道：「我警告妳，別對牠下手……」

楚楚將貴賓犬抱在懷裡，漫不經心道：「後媽當初為什麼要嫁到楚家？」

林明珠：「什麼意思？」

「其實老楚能給妳的，我也能給妳。」楚楚風輕雲淡地開口，她語重心長道，「強強聯手總比兩敗俱傷好，妳應該也看過新聞，我不是小氣的人。」

楚楚為反抄襲拋出三十億鉅款，確實算得上大手筆。

「後媽只要偶爾像今天這樣，給我一點關鍵資訊就好。」楚楚輕飄飄道。

林明珠一時難以相信，眼神閃爍：「……妳在開玩笑嗎？不怕妳爸知道後會生氣？」

楚楚撫摸著貴賓犬的小捲毛，義正辭嚴道：「怎麼會？我只是個關心父親的女兒，真誠期盼後媽能將父親生活的點滴，及時傳達給我，好讓我盡一份孝心。與此同時，我會感激後媽對家庭的付出，略微給予物質獎勵，沒什麼問題吧？就算我爸知道了，肯定也會十分欣慰。」

林明珠：「……」

林明珠有些心動，卻仍嘴硬道：「我為什麼要幫妳？」

楚楚平靜道：「後媽可以跟我過不去，但沒必要跟錢過不去。」

沙發上，可憐茫然地看著兩人對話，隨即愉快地「汪」了一聲，歡快地搖起尾巴。

樓上，楚彥印對於一樓的策反還一無所知，他讓張嘉年將書房的門關上。兩人坐定，楚彥印便開門見山道：「嘉年，你準備一下，最近就回齊盛。」

張嘉年向來鎮定，此時聽到消息卻也如遭雷劈。他剛要說出婉拒之詞，察覺楚彥印稍顯虛弱的神色，突然領悟某種隱含的訊息。

他遲疑片刻，忍不住問道：「您的病情……胡醫生怎麼說？」

楚彥印淡淡道：「老樣子，一時半會兒死不了。」

張嘉年誠心規勸：「既然胡醫生建議您臥床靜養，不如休息一段時間？」

楚彥印簡直是全天高速運轉的超人，每週都有數不清的行程，有時一天需要轉機多次，工作節奏極快。雖然胡醫生多次表明，長此以往會搞垮身體，但楚彥印卻一意孤行，並不聽勸。

「要是我臥床休息，公司肯定會鬧翻天。」楚彥印冷哼一聲，補充道，「她又出手闊綽，直接把三十億往外砸，我能踏實地靜養嗎？」

楚彥印現在最忌諱傳出臥床休養的新聞，他的形象和身體狀況跟齊盛息息相關。如果董事長患病，齊盛旗下的股票及債券都會受到影響。齊盛目前正是轉型的重要時刻，絕不能發生任何意外。

張嘉年一時無言，他其實想幫楚楚說兩句話，又怕刺激到楚董的情緒。

張嘉年為難道：「可是一直拖著也不是辦法……」

「撐過這兩年就好。」楚彥印心中早有主意，又說起自己的計畫，「我深思熟慮一番，既然她不願嫁人，乾脆成立家族信託基金，保證她別餓死就好。」

「我最近已經跟李律師約談過，這次讓你回齊盛，也是因為考慮到這點，到時候我們三個人再商議一下。」楚彥印沉聲道。

隨著歲月流逝，即便是楚彥印這樣的大人物，還是會面臨退休。常言道樹大招風，楚彥印背負首富之名，想要順利離開卻不容易，必須提早籌畫。家族信託是幫助高淨值人群實現財富傳承的方式，目的是打破「富不過三代」的魔咒。

如果楚彥印將自己全部的資產交給家族信託，在他百年之後，楚楚可以按月從家族信託中拿取生活費，額度不會過高，但肯定餓不死。除此之外，楚彥印還有雙重保障，他準備培養張嘉年走向專業經理人的道路，幫助管理家族企業。

家族企業經理人跟普通高管不同，他作為家族的局外人，必須真正理解和忠誠於家族文化，跟家族成員和睦相處。他的經營思維不是謀取暴利，而是讓企業長青，可以代代傳承，更像隱藏的守業人。

「您沒有考慮過讓楚總接管齊盛嗎？」張嘉年聞言，輕聲提議。

「讓她把齊盛搞垮嗎？」楚彥印立刻氣不打一處來，抱怨道，「你看看她最近做的事，一天天就知道裹亂……」

張嘉年態度和緩地開解：「楚董，如果您忽略楚總某些衝動之舉，其實她的決策背後都有道理可循。」

楚彥印斷然道：「不行，我忽略不了！你看看她在節目上說的話，還要當我爸爸？誰給她的膽！」

張嘉年：「……」

「話又說回來，她能好好地經營銀達，不代表能幫齊盛掌舵。」楚彥印發完牢騷，便冷靜下來，「公司裡的那些老屁股，有哪個是好惹的？」

齊盛集團發展到頂端，不免會開始步入下坡。雖然楚彥印有心轉型，但想要讓如此龐大的商業巨船改變航向，並不是一件容易的事情。楚彥印偶爾都有心無力，更何況閱歷尚淺的楚楚？

張嘉年陷入沉默，他在齊盛內部工作過，自然明白這個道理。現在楚彥印力壓群雄、說一不二，但只要他嘗試退休，內部勢力便會各立山頭、互相撕扯。

張嘉年想了想，他眼神清澈，認真道：「您為什麼不直接跟楚總討論？我想她會理解您的。」

「我想多活兩天，沒必要幫自己找刺激。」楚彥印沒好氣道。

張嘉年垂下眼，直言相諫：「楚董，不如您等她完成三年之約再做定奪，或許那時您會改變主意。」

「到時候就晚了……」楚彥印鷹目微閃，注視著他，「嘉年，你不想回齊盛嗎？」

楚彥印又不傻，張嘉年給出如此多婉言，顯然回到齊盛的意願不強。

張嘉年被看破心思，同樣不慌不忙，坦然道：「是的，我覺得您應該給楚總一個機會。」

楚彥印如果想成立家族信託，不可避免要處理手中的部分股權及資產，在齊盛的控制力必然會大幅下降。

張嘉年清楚，如果按照楚彥印的規劃來看，齊盛的未來很難有更高的層次，但倘若讓離經叛道的她試一試，或許會有不一樣的可能性。張嘉年老是對她抱有一種迷之信任，似乎她經手的一切，都能從不可能變成可能。

「好吧，我會再考慮一下。」楚彥印沒有強求，他微微凝眉，意有所指，「還不到半年，你怎麼就像被她洗腦一樣？」

楚彥印看著張嘉年篤定的態度，一時摸不著頭緒。張嘉年向來客觀有禮，或許她最近真的有所改變吧？

兩人在書房中相談甚久，直到林明珠上樓通知用餐。

餐廳內，四人在餐桌前坐好，楚楚掃了菜色一眼，感覺清淡至極，倒是很符合張嘉年的口味。她昨天剛吃完張雅芳拿手的川菜，此時也沒有抱怨，吃了點清炒時蔬，便開門見山地問道：「你要調他回齊盛？」

張嘉年和楚彥印都有些訝異，沒想到楚楚消息如此靈通。

林明珠不料新晉同盟如此直接，她頗為擔憂地偷偷打量楚彥印一眼，趕緊默默地低下頭，唯恐暴露自己是個大嘴巴。

張嘉年已經婉拒此事，他還來不及開口，楚彥印便率先道：「是又怎麼樣？」

楚楚淡淡道：「不行，我不同意。」

楚彥印冷笑一聲，賭氣道：「當初是我讓他去銀達，現在把他調回齊盛，還需要經過妳同意？」

楚楚理直氣壯道：「你見過有哪個長輩發完壓歲錢，還拿回去的嗎？」

張嘉年：「……」

張嘉年：難道我是壓歲錢？

楚彥印對楚楚的無恥感到震驚，他回想起新仇舊恨，立刻展開開戰模式，輕蔑道：「銀達規模這麼小，我讓嘉年走到更高的位置，有什麼問題嗎？」

楚楚嗤笑道：「別吹牛了，齊盛的架子再大，內部也是黨同伐異的老舊作風，別禍害人家青年才俊！」

張嘉年：老闆這是公然 diss 自家產業？

楚彥印聞言，立刻吹鬍子瞪眼：「等妳做到齊盛的市值，再來我面前大放厥詞！」

「市值算什麼，還不是說蒸發就蒸發？」楚楚懶洋洋地挑釁，「有本事我們比員工平均收入和產值，看看是誰在大放厥詞！」

張嘉年眼看父女相爭進入白熱化，小聲道：「……楚董、楚總，我們先用餐吧。」

他覺得有必要阻止父女鬥嘴，避免楚董病情加重。按照楚總的嘴炮程度，就算楚董得的是小病，都能被她氣成大病。。

「隨便就把三十億丟出去的敗家子，也好意思跟我比？」楚彥印火冒三丈，拍案而起。

「千金散盡還復來，投身公益我驕傲！」楚楚勾勾嘴角，反脣相譏，「這不過是本季度的收入，遊戲目前也還在賺錢。」

「小規模的公司當然不用勞心費神，妳是沒管過大集團，才會在這裡得意地跳腳！」楚彥印惱羞成怒，絲毫不讓。

「真以為齊盛離開你之後就不轉了？別把自己想得太重要。」楚楚揚起下巴，傲慢道，「楚董還是先反思一下自己，為什麼會讓大集團走下坡，再來教育我吧！」

楚彥印看她欠揍的樣子怒火攻心，憤憤地祭出名言：「一派胡言，妳行妳上啊！」

楚楚當即起身，就像終於等到他這句話，大聲道：「我可以！」

楚彥印：「……」

張嘉年滿臉茫然，他忍不住拉了拉楚楚的袖子，怯怯地提醒：「不，您不可以……」

張嘉年：我是想讓她試著掌舵，但不是現在啊！

張嘉年的內心是崩潰的，他現在的心情，就像家長本來只想培養孩子參加學校的運動會，孩子卻突然說要去報名奧運。

楚楚不顧張嘉年阻攔，她抱胸看向楚彥印，挑眉道：「我當然可以，就是不知道楚董可不可以？」

楚彥印一時心情複雜，開口道：「妳真以為齊盛好管？」

「當然。」楚楚看他露出頗不贊同的神色，大大咧咧道，「好管和管好是兩回事，反正都是管，就算管不好，難道還管不壞？」

「……」楚彥印對她的繞口令歪理無言以對，報以嘲諷，「妳還真以為自己是改變時局的英雄，能在齊盛大顯身手？」

「時勢造英雄，並非英雄造時勢。」楚楚風輕雲淡地反擊。

楚彥印被楚楚氣得胸口痛，他勃然大怒道：「好好好，我就讓妳接管齊盛三個月，看看妳能做成什麼樣子！」

張嘉年趕忙阻攔：「楚董，這不太合適，楚總只是開玩笑……」

「不，讓她管！」楚彥印看向楚楚，擲地有聲道，「但要是齊盛在這三個月內產生虧損，我就算賣了銀達，也要讓妳來賠，妳敢嗎？」

「有什麼不敢？」楚楚氣定神閒地反問，「要是我讓齊盛盈利，三個月後你是不是也該給我一點報酬？」

「好，一言為定！」

楚彥印跟楚楚進行一番爭吵，只感覺氣到腦充血。他深深地吸了一口氣，勉強平復心情，便坐回桌前，淡淡道：「我最近會交接手頭上的工作，等我處理好，就讓妳管理齊盛三個月。」

「好。」楚楚見狀同樣入座，她鎮定地說道，「哪有那麼多內容要交接？不過才三個月而已。」

楚楚在接受《財經聚焦》的採訪時，了解過楚彥印的行程。他不用管理齊盛集團的所有事務，手底下自有財務長、營運長等人物為其分憂。楚彥印常見的行程是出訪各國各地簽訂合約，同時會見各類重要人物，促進雙方戰略合作。

實際上，三個月的時間並不長，就算楚楚真的想把齊盛搞垮，時間也不夠多。她覺得楚彥印實在大驚小怪，還要專門做交接。

楚彥印氣得瞪眼，沒好氣道：「好，我就等著看妳的好成績！」

張嘉年覺得楚董順利地被楚總拉下神壇，變成一個暴躁上當的小朋友。楚總最擅長將別人套進自己的邏輯，然後用她豐富的經驗打敗對方。父女倆的賭氣之舉如果傳出去，大概會讓齊盛集團的股價經歷一波大跌，誰能想到兩位老闆如此隨便？

齊盛：然而我又做錯什麼，要被踢來踢去？

楚楚和張嘉年用完餐後，在大宅小坐片刻便打道回府。兩人乘坐的是大宅用車。因為有司機開車，張嘉年便像過去一樣坐在副駕駛座，楚楚則在後座滑起手機。

張嘉年剛上車，便忍不住規勸：「楚總，您現在接管齊盛，實在有些操之過急……」

齊盛集團儼然是龐然大物，她在短時間內根本無法撼動其根基。齊盛和銀達是不一樣的，銀達是發展迅速的輕資產公司，楚楚對其掌控力是百分之百，但齊盛內部的人脈關係卻錯綜複雜，很難推動改革。

「沒關係，老楚跟你有同樣的顧慮，他已經推掉未來三個月的許多工作了。」楚楚低頭看著手機上的訊息隨口說道。他們才剛離開，大宅內的楚彥印便迫不及待地交接、擱置手頭工作。

張嘉年心想楚董果然沒有太離譜，他內心鬆了口氣，語氣緩和下來：「如果是這種情況，您待在齊盛的時間也不算太長。」

他覺得楚楚老實地在齊盛坐三個月，稍微感受一下大集團的氣氛，應該不會出差錯。既然楚董已經推掉未來重要的工作，想必楚總也沒機會做出重大決策。楚董能藉此機會安心養病，楚總也能趁現在努力實習，算是一舉兩得。

楚楚不知道張嘉年內心的想法，仍然在用手機傳送訊息給人型竊聽器，突然疑惑地發問，「齊盛電影現在是誰在管？奇蹟影業又是什麼？」

林明珠立刻回覆，楚彥印正在聯絡齊盛電影CEO，同時提及奇蹟影業。

「齊盛電影目前是姚興在管，奇蹟影業是集團兩年前收購的海外電影製作公司，一直處於虧損狀態。」張嘉年耐心地解答，說完又發現不對，疑惑地扭頭問道，「您在和誰傳訊息？」

他心裡清楚，楚楚向來只關心自己的事業，不太會特意提起齊盛的產業。

楚楚泰然自若：「沒什麼。」

張嘉年抿了抿嘴唇，他剛想要追問，便聽她風輕雲淡地問道：「老楚是不是病了？」

張嘉年聞言一驚，他下意識看了旁邊的司機一眼，又覺得此舉太過刻意，斟酌著措辭答道：「是的，不過不是大病，只要遵守醫生的囑咐，多加休息就好。」

他想了想，盡量平靜地問道：「您是從哪裡知道的？」

照理來說，楚彥印的病情只有少數人知情。張嘉年實在不清楚，楚楚是看楚彥印今日面色憔悴，所以隨口發問，還是發現什麼蛛絲馬跡？

楚楚沒有正面回答他的問題，反而打趣道：「男人是不是都覺得自己很聰明？」

商業巨擘楚彥印是這樣，鎮定從容的張嘉年也是這樣。

張嘉年有些疑惑，一時不知道該如何回答，不由面露赧色，總覺得她的問題有點……曖昧？

楚楚補充道：「你撒謊時的眨眼頻率跟平常不一樣。」

要是張嘉年一直背對著楚楚，她還看不到對方的表情，但他偏偏直接轉頭問話。張嘉年在撒謊時，全程維持著冷靜篤定的態度，跟平時唯一的不同，就是不會在此刻眨眼。

張嘉年其實心裡又驚又跳，唯恐被她看穿更多，但他面上還是保持著溫和的態度，盡量輕鬆地說道：「您對心理學還有研究？」

「我對心理學沒什麼研究，我只對你有研究。」楚楚懶洋洋道。

張嘉年：「……」

張嘉年聞言，頓時心臟狂跳，面對她既像調侃、又像調戲的話，竟瞬間產生跳車衝動。他擔心再這樣下去，自己撐不了幾回合，便要辜負楚董的期望，被她套出話來。

好在楚楚只是笑了笑，並沒有多加詢問，半開玩笑道：「偶爾瞞我一次可以，但如果次數太多，我可是會生氣的。」

張嘉年是善意的隱瞞，她自然不會過多責怪。

張嘉年一愣，不知道她了解多少，但她沒再追究，便不會將自己逼入進退兩難的境地。他沉默片刻，語氣誠懇地保證：「以後不會了。」

楚楚知道，張嘉年和楚彥印私下肯定溝通過很多事情，而且不想讓她知道。小說中，女配角家族破產的原因，是以春秋筆法一筆帶過，讀者們只知道女配角父親倒下，企業產生巨額負債，女配角瞬間成為人人喊打的過街老鼠。

至於楚彥印如何倒下，齊盛如何破產，並沒有詳細記載。

女配角人生軌跡的起伏在書中有明確提及，她在經營辰星失敗後，回到銀達再次籌畫，然而經營銀達也失敗，最後只好回到齊盛再次籌畫，沒想到齊盛最終還是垮臺了。

雖然書中有寫到，齊盛會倒下是因為許多外因，類似於男主角及男配角的從中陷害等，但更多是內部的腐朽，健康的商業帝國不會如此不堪一擊。目前距離書中齊盛垮臺還有兩三年，楚彥印現在就想調回張嘉年，證明問題已經出現。

楚楚不可能等齊盛垮掉再行動，索性現在就把門踹開，看看龐大的集團在做什麼。

第八章　太子降臨

幾日後，銀達投資內，楚楚坐在辦公桌前，終於等到楚彥印的通知。她看著繁多的條款，不禁皺眉道：「他可真夠老奸巨猾的？」

張嘉年委婉道：「楚董也是怕您太辛苦……」

楚楚立刻揚眉，不滿道：「接管齊盛和接管齊盛部分產業，顯然是兩碼子事吧？他的文字遊戲玩得真好。」

楚彥印現場的憤怒和衝動一過，立刻又變得老謀深算、步步為營。他將未來三個月的重要工作擱置，只留下齊盛電影讓楚楚接管，同時列出苛刻的條件。

條款的每條規定都在限制楚楚的行為，像是重大決策導致的虧損，需要進行經濟補償，或是不能貿然變賣資產等，唯恐她再做出拋售時延股份的事情。

齊盛電影每年能為集團貢獻三分之一的收入，算得上是支柱，但距離整個齊盛還是相差甚遠。最可恨的是，楚彥印特意將奇蹟影業的事務排上日程，顯然是打算讓楚楚處理此事。

楚楚看完奇蹟影業的財報，她脫口而出的第一句話就是：「這是什麼破玩意兒？」

她還沒見過這麼爛的帳，畢竟目前她經手過的公司，不管是銀達、辰星，還是笑影、光界，都處於盈利狀態。光界娛樂靠《贏戰》獲得的淨利率，更是超越了不少上市公司，上升趨勢迅猛。

奇蹟影業前年淨利率負五十三億，去年淨利率負九十四億元。它在被齊盛收購前，就已經連續虧損兩年，根本不用等楚楚搞垮，自己就連賠四年。

楚楚感覺自己被騙了，楚彥印這是變相沒收她的零用錢，讓她為此買單？

張嘉年好脾氣地開解：「楚總，通常會同意收購的企業，本身就經營不善，將其轉虧為盈也是常見的投資方式。」

雖然奇蹟影業是海內外頗具知名度的電影製作公司，在過往打造出不少經典ＩＰ，但在海外經濟形勢頹敗的衝擊下，經營狀況一直都很差。

楚楚眼皮直跳，問道：「齊盛花了多少錢收購它？」

張嘉年：「九十六億。」

楚楚感到不可思議：「它去年就差點賠掉收購價？」

張嘉年小心地補充：「收購價是九十六億美金，去年虧損了九十四億臺幣。」

楚楚心算一番，她癱在椅子上，喃喃道：「這間破公司值百億？」

張嘉年：「……」

楚楚竟有種生不逢時的感覺，要是她在現實中遇到這種人傻錢多的冤大頭，大概早就成立公司，變現跑路，坐擁億萬家產！

她不求九十六億美金，她只要九十四億的臺幣就好！

楚楚覺得自己被老楚擺了一道，她只有三個月的時間，甚至連完整的電影專案都做不完，更別提扭虧為盈。奇蹟影業作為海外製作公司，大多承接國內外的合作專案，因此製作及發行的時間週期更長。

她想要從中賺錢，只能採用一些特殊手段。

楚楚在心裡評估一番，辰星影視主攻電視劇，笑影文化專做脫口秀，剩下可用的似乎只有光界娛樂。

齊盛電影內，姚興覺得自己是流年不利。

奇蹟影業自收購以來，製作的專案反響平平、不達預期，讓他焦頭爛額。楚董卻在此時突然宣布，楚總最近將代為管理齊盛電影及奇蹟影業相關事務，楚董本人暫時不再過問。

姚興得知消息時，內心是崩潰的，本來事情就已經夠多了，現在楚總又要接手管理公司，這換做是誰都扛不住。當然，他不會把這些話說出口，等到太子駕到，不管心裡怎麼想，該做出的面子都不能少。

「楚總，這些就是齊盛電影最近的專案，《月秋》的票房反響不錯，接下來還有幾部電影要上映。」

公司內，姚興跟隨在側，向楚楚和張嘉年介紹專案的情況。姚興今年六十一歲，跟楚彥印的年紀差不多，他是個倔強的商業男，沒有楚董的嚴肅，卻看起來精明有禮。

姚興是齊盛集團的老臣，雖然對楚董派楚總過來鍛煉的決策頗有微詞，但在態度上沒有任何失禮，不但親自出面迎接，還專門準備水果甜品，讓人送進提前布置好的辦公室內。

楚楚確實挑不出他在工作上的毛病，先不提齊盛出品的電影品質，起碼營收很正常。她開門見山道：「我想了解一下奇蹟影業的情況，現在的負責人是誰？」

姚興面露難色：「前任CEO才剛離職，目前還沒有新的人選。」

奇蹟影業近兩年電影票房慘敗，公司一直不見起色，高層人員自然變動頻繁。原本的國外製作團隊在合約到期後都陸續離開，讓情況雪上加霜。姚興最近跟楚董商議是否要及時止損，賣出奇蹟影業，但現在肯定達不到二十三億美金的高價，賣出便是坐實血賠。

當初提出併購奇蹟影業的高管已經離職，姚興面對爛攤子也很心煩。

「如果您對奇蹟影業感興趣，過幾天我可以陪您前往海外總部，進行實地了解。」姚興官方地說道，實際上本該是楚董帶領齊盛一行人，跟奇蹟影業做個了結，但楚總突然來此學習，計畫便要延後，談判也變成實地考察。

楚楚眨眨眼，答應道：「好的。」

「那您先忙，我暫時不打擾了。」姚興帶領楚楚等人參觀完，便率先離開。

辦公室門一關，屋內只剩楚楚和張嘉年兩人。她看著桌上的甜點水果，不禁摸了摸下巴，感慨道：「我總覺得他把我當小孩在哄？」

姚興的舉止周全，全程彬彬有禮，但他好像以為楚楚是來鬧著玩，什麼工作都不彙報，倒是送了一堆零食過來。桌上鋪滿又粉又亮的甜食玩具，看來姚興是把她當作三歲小孩看待，否則不會拿出這些。

如果她是想要大幹一番的空降兵，此時大概會覺得自己被侮辱。

張嘉年其實有同感，顯然姚興沒把楚總當上司，只是將她看作是楚董的女兒，完全是哄著玩的態度。他害怕楚楚生氣，語氣柔和地寬慰：「姚總只是不夠了解您，等您實際上手工作，他肯定會有改觀……」

張嘉年話說到一半，便看到剛才裝模作樣的楚總已經一溜煙跑到桌前。她興致勃勃地吃起零食，玩起玩具，似乎沉浸其中。楚楚吞下一塊布丁，聽見他說話，茫然地扭頭：「什麼？」

張嘉年：「……」

張嘉年咽下後半段的安慰，突然覺得姚興對她的認識也滿客觀的？

奇蹟影業的總部位於A國，楚楚、張嘉年和姚興需要乘坐飛機前往。機艙內，雖然姚興已經有了帶孩子的心理準備，但當他親眼目睹太子及其隨從打遊戲的樣子，心情是微妙的。

楚楚和張嘉年人手一臺遊戲機，似乎正在組隊一起玩。兩人小聲地交流著，似乎沒感覺有何不對，畢竟是私人飛機，干擾不到其他人。

姚興忍不住搖搖頭，想當年張嘉年也是極有潛力的種子選手，現在算是被太子帶上歪路。老年人心中唏噓，忽略旁邊玩著遊戲的兩人，閉上眼小憩，似乎眼不見心不煩。

「您還要繼續玩嗎？」張嘉年看楚楚仍盯著螢幕，規勸道，「不如稍微休息一下？」

楚楚突然興起，買了無數張遊戲卡帶，開始研究起來。她並不會將每個遊戲都玩到破關，只是稍微了解其畫面和玩法，便丟到一邊，換下一張卡帶。張嘉年發現，她買的遊戲全是奇蹟影業合作的ＩＰ，類似於《炸裂超人》、《森林雨客》等。

這些電影曾經取得輝煌的票房，一手造就奇蹟影業如今的地位，但公司不斷推出系列電影炒冷飯，顯然也不是長久之計。

楚楚聞言，這才感覺眼睛乾澀，她忍不住伸手揉了揉，卻立刻感到大事不妙。她忘記自己今日上妝，將眼睛越揉越痛，一時淚水盈眶，竟睜不開眼來。

張嘉年看她半彎下腰，難受地伸手捂眼，立刻關切地問道：「怎麼了？」

「有東西跑進眼睛了……」楚楚嘗試眨眼卻失敗，她控制不住地想要再揉，卻被張嘉年攔住。

「別揉。」他引領楚楚坐直身子，耐心道，「讓我看看。」

楚楚的右眼痛得睜不開，她不知道是睫毛還是灰塵掉入眼睛，淚水止不住地往外湧。楚楚只能老實地當起獨眼龍，乖乖地任由張嘉年查看。

張嘉年取出紙巾，動作輕柔地將她的淚水拭去。他用溫暖的指腹抵住她右眼上下，提議道：「您試著睜眼，我稍微吹一下。」

楚楚右眼的眼瞼顫顫巍巍，半天也睜不開，似乎還在排斥著眼中的異物。

張嘉年語氣和緩，勸道：「您先看向一邊，放鬆一點。」

楚楚克制自己想要閉眼的衝動，嘀咕道：「我往哪邊看……」

張嘉年：「都可以。」

楚楚聽話地垂眼，她用左眼隨意地左右看看，不經意瞟到從張總助襯衫的衣領露出的光潔脖頸，和微動的喉結。他眼神專注，正仰頭對著她的眼睛輕輕吹氣，似乎心無旁騖，沒發覺她亂瞄的視線。

楚楚突然有些彆扭，她下意識把頭偏向一邊，看起來想要閃躲。

張嘉年固定住她的臉，他眉間微凝，輕聲道：「您忍一下，馬上就好。」

楚楚語氣發悶：「忍不了。」

她被這種畫面貼臉，沒有當場紅臉就算了，居然還要她忍一下？

張嘉年誤以為她痛得厲害，動作越發小心，卻還是沒鬆手，執著地要幫她處理好。他認真而仔細，目不斜視，全神貫注地想要讓她睜開眼睛。

楚楚神情緊繃，覺得他的氣息拂在臉上有些酥麻，透著男性荷爾蒙的味道。她一時不知道該往哪裡看，又鬼迷心竅地斜眼瞟他，正好看到他玉色的耳垂和微微仰起的下巴。她不由把嘴抿住，有種做賊心虛的感覺。

楚楚覺得張嘉年的「路人甲」光環有毒，明明平時毫不起眼，湊近看卻能達到顏值暴擊的效果。

她居然對自己溫和有禮、體貼能幹、善良耐心的小朋友產生些許邪念，簡直是千古罪人！

「好了。」張嘉年用紙巾擦了擦楚楚的臉，見她順利地睜開右眼，只是眼眶泛紅，臉龐也染上桃花的顏色。他又湊近檢查一番，問道：「還會痛嗎？」

楚楚見他眼神清澈、滿懷關心，刺得她感到慚愧，麻木地答道：「不痛了。」

她不是人，居然垂涎張總助的美貌，實在是嚴重失格。

張嘉年並不了解楚楚複雜的心態，只當她還沒緩過神，所以僵坐著。

因為是私人飛機，相鄰的座位都靠得很近，楚楚剛入座時還覺得沒什麼，畢竟兩人天天同進同出，並沒有感覺到任何異常。但她剛才心猿意馬，現在頓時陷入深深地自我唾棄，總覺得自己被他的氣場包裹著，一時無所適從。

楚楚禮貌道：「你可以坐到那邊嗎？」

旁邊的座位是空著的，跟他們現在的位置隔著一條通道。

「可以。」張嘉年並未察覺到她的異樣，詢問道，「您是想休息一會兒嗎？」

張嘉年以為她想占用兩個座位休息，對她高深莫測的語氣沒有多想。

楚楚搖搖頭，看他毫無防備的模樣，她緊繃著臉，開口道：「我怕你坐在這邊，我會忍不住對你出手。」

誰叫他看起來像一塊新鮮的蛋糕，或者柔軟的貓，不是讓人想咬一口，就是想抱著猛吸。

楚楚覺得自己要提高自制力，最好的辦法就是隔離源頭，不要被吸引。

張嘉年：「？」

張嘉年聽到楚楚沒頭沒腦的話，一時不太明白，不懂她突然繃緊臉的原因。不過他還是乖乖地坐到旁邊，像往常一樣關心道：「您需要毛毯嗎？」

楚楚聞言後更感羞愧，她僵硬地搖了搖頭，客氣道：「不用了。」

她要做一隻兔子，不能亂吃窩邊草，更不能當禽獸。

一行人經歷漫長的飛行，終於抵達目的地。眾人在酒店休息片刻，第二天便前往奇蹟影業。

雖然人才嚴重流失，但奇蹟影業的場地和硬體設備沒有任何問題。引導人員帶領楚楚等人參觀完攝影棚等地，又開始介紹目前的電影專案，便陪同他們在公司內轉了轉。

路上，楚楚全程很少發言，似乎只是在認真觀看，而姚興和張嘉年倒是時不時會用英語和引導人溝通，談及公司現況。姚興發現她一直無言，主動詢問道：「楚總，您還有什麼想了解的？」

雖然姚興並不覺得楚楚能說出什麼有建設性的話，卻還是本著禮貌的態度開口。

楚楚聞言，坦然道：「我很喜歡《炸裂超人》和《森林雨客》，能帶我去看看這兩部電影的資料嗎？」

《炸裂超人》和《森林雨客》上映將近十幾年，屬於奇蹟影業的老作品，之後也陸續推出了系列作。

《炸裂超人》具有科幻色彩，作畫風格是冷金屬色。《森林雨客》則擁有奇幻元素，以清新自然的風格取勝。

奇蹟影業向來擅長製作想像力豐富的作品，並藉此經營起固定的粉絲群。當然，因為公司發展不好，這兩年頻繁拍續作來炒冷飯賺錢，讓觀眾們耐心下降。

姚興感覺楚楚根本不是來了解公司，而是以粉絲的新奇心態跑過來觀摩老作品，實在有點幼稚。他心中有個想法，但面上卻不顯，平靜道：「好的，我們現在就去看看。」

會議室內，工作人員將過往的珍貴資料取出，把原畫和分鏡圖鋪在桌上，讓楚總過目。她滿意地環視一圈，點名其中幾部作品，又補充道：「還有其他作品嗎？最好是角色造型獨特，版權在公司手裡，並且有些受眾群的。」

姚興看著楚總選妃的架勢，讓他隱隱感到有點不安，當即問道：「您這是要做什麼？」

楚總完全不關心目前籌備中的專案，卻跟老作品們較勁，著實讓人摸不著頭緒。

楚楚聽他問起，大大咧咧地說道：「對啦，差點忘記跟姚叔說，我想要這些作品的版權授權，麻煩您回去蓋章簽字。畢竟奇蹟影業現在沒有CEO，只能由您代為處理。」

楚彥印只給她三個月的時間，誰都不可能讓虧損四年的公司瞬間起死回生。楚楚的想法其實很簡單，老楚想讓自己做冤大頭買單，她就率先搜刮一波奇蹟影業的資源。

奇蹟影業最有價值的就是IP軟實力，等她把版權都握在手裡，還愁未來賺不到錢？

姚興面露震驚：「？」

楚楚誠懇道：「當然，我也不會白拿您的授權，該付的錢我都會付。」

張嘉年聞言，立刻取出昨晚準備好的合約，遞到姚興面前：「辛苦姚總過目。」

姚興看完合約上的條款和價格，只想感嘆世上怎麼會有如此厚顏無恥之徒，她跟明搶有什麼差別？

「我不會答應的。」姚興立刻鄭重地拒絕，「楚董是讓您來齊盛電影學習鍛煉的，現在是本末倒置……」

姚興敢打包票，要是楚彥印知道她如此強盜，絕不會讓害蟲進入菜園！

張嘉年神色鎮定，不卑不亢道：「姚總，楚總最近代替董事長管理齊盛，您沒有權力否決。」

姚興：「……」

姚興：居然還用官威壓人，實在是欺人太甚！

姚興乾脆將屋內的閒雜人等請出，只留下三人。姚興望向楚楚，拿出長輩的口吻，語重心長道：「楚總，我相信董事長想看到的，是您在奇蹟影業未來的經營上出謀劃策，而不是……」

而不是掠奪公司資源，儘管公司是妳家的。

姚興恰到好處地止住話頭，沒把下半句話說出來。

楚楚挑眉，毫不客氣道：「你們把公司搞得那麼爛，還有臉讓我用三個月力挽狂瀾？」

眾人花了兩年都沒讓奇蹟影業轉虧為盈，卻只給她三個月來處理這件事？

姚興心中慚愧，知道楚董當時是有意為難，故意把爛攤子丟給楚總。他面露難色，規勸道：「辦法總比困難多嘛……您可以看看籌備中的專案，大家一起想辦法？」

「那有什麼可看的？」楚楚面無表情，毒舌地評價道，「故事薄弱，沒有創意，受眾群不準確，元素過多，既無東方詩意，也無西方浪漫，除了耗費鉅資外，剩下的一無是處。」

她剛才又不是沒聽引導人員介紹，問題是新專案確實不行，老是做一些故弄玄虛的國際化風格，反而四不像。

奇蹟影業是海外製作團隊，卻要討好國內市場，又不領悟其中精髓，自然越做越差。

姚興的臉色一陣青一陣白，但他察覺楚總並非完全不懂這行，便謙遜求教道：「那您有何高見？」

楚楚剛想張嘴回答，卻又想了想，隨後懶洋洋地答道：「反正我就是個空降兵，只幹三個月，不用操心太多吧？」

姚興被她吊足胃口，循循善誘道：「奇蹟影業被董事長寄予厚望，要是您可以解決難題，他一定深感欣慰。」

楚楚：「哦，那我更不能讓他開心。」

姚興：「……」

姚興：你們父女倆有仇？

張嘉年出來調和，他將合約推到姚興的面前，溫和地暗示：「姚總，有時候就是雙方各退一步的事情。」

姚興面露猶豫，想要展開拖延戰術：「楚總，要是奇蹟影業經營不善，您拿那些版權也沒用啊……」

楚楚才不信他的鬼話，淡淡道：「就算公司破產倒閉，ＩＰ授權還是有效的。」

姚興看她不好矇騙，不由心生好奇：「難道您拿走授權就能賺錢？」

奇蹟影業又不是沒做過ＩＰ授權，公司現在還不是半死不活？

楚楚狡猾道：「姚叔，您先給我兩、三個作品版權讓我試試看，不就知道了？」

姚興：「……」

楚楚看他猶豫不決，提議道：「我要是真的失敗了，剩下三個月就不過問齊盛電影的事。大家相安無事、互不打擾，平安地度過這段時間，如何？」

姚興有些心動，畢竟帶孩子確實很費力，他能送走這尊大佛，未嘗不是件好事。

「好，我可以授權給您。」姚興補充道，「但如果您決策失誤，我會酌情向楚董彙報。」

「沒問題。」楚楚爽快地答應，又說道，「不過要是我成功了，接下來三個月要麻煩姚叔，多聽聽我們小朋友的意見。」

姚興點了點頭：「如果您成功，那就證明您的經營思維沒有問題，我自然不會多言。」

雙方協商成功，楚楚此行順利地拿走《炸裂超人》和《森林雨客》的授權，成果還算讓她滿意。

姚興本以為她是想做ＩＰ合作遊戲，但仔細琢磨一番，又覺得三個月的時間不夠，大概連策劃階段都做不完。籌備電影和遊戲都需要一年多的時間，再怎麼趕工，也不可能只用三個月就完成。

楚楚現在時間緊、任務急，她要在最短的時間內賺錢，自然沒辦法立刻把專案做起，但光界娛樂現下還有《贏戰》，正好為她提供變現管道。

楚楚沒時間搞遊戲，但她可以賣遊戲造型！

《贏戰》目前的人物造型都延續電腦版，並沒有推出新花樣，看起來稍顯簡陋。沒過多久，《贏戰》官方帳號便對遊俠的新裝扮進行預熱，推出「森林雨客」版的造型。光界娛樂號稱跟奇蹟影業取得授權，會陸續推出經典電影角色造型，首期職業便是遊俠。

紅紅：『我的天，好美，為什麼遊俠的造型這麼好看，就因為老闆玩遊俠？』

九八八：『其實我不懂你們喜歡造型的原因，明明沒什麼用……』

櫻桃：『我以後會主練遊俠，那個造型直接吊打建築師，外貌協會只看臉。』

禦河：『感覺不會有太多人入手，這遊戲的造型就是純裝扮，不會影響到戰力。』

一串葫蘆：『天真，遊戲氪金方式那麼少，有錢人肯定會找地方花錢，以前的粗糙造型都有玩家買單，更何況是升級版？』

靈狼：『賞心悅目！不玩也能買來收藏！』

珍珠奶茶：『炸彈人被排擠了？為什麼我們沒有新的造型！』

雨滴聲聲：『森林雨客？這是在逼我下載遊戲？我都沒玩過手機版。』

隨著《贏戰》用戶不斷的壯大，它已經不再是平凡無奇的小遊戲，早已跨入國民級別，甚至有走向海外的打算。網友們對「森林雨客」造型眾說紛紜，有人欣賞，有人唱衰，最終結果還是要看上架後的銷量。

儘管不少人叫囂著造型沒用，但「森林雨客」造型上架首日，銷量金額卻完美詮釋打臉定律，達到二十六億多。

姚興聽聞消息，對遊戲產業的暴利目瞪口呆，同時對楚總的無恥有進一步認識。原因無他，光界娛樂賣造型的錢，有大半直接落入她的口袋，基本上跟齊盛電影沒什麼關係！

「森林雨客」造型首日銷量就如此驚人，後續還會產生源源不斷的收益，然而姚興只能在一旁乾瞪眼。

姚興感覺吃到悶虧，他本以為楚總會幫奇蹟影業創造營收，沒想到她直接把錢拿走，而且挑不出任何缺點。《贏戰》是光界娛樂旗下的遊戲，奇蹟影業頂多只能算是提供人物造型授權，自然分不到什麼錢。

安靜的房間內，楚彥印躺在床上。他手拿一本攤開的書，頭一次感覺空落落的。楚彥印向來四處奔波，第一次卸下重擔、無所事事，讓他感到不習慣。他看了日期一眼，發現自己明明沒有離開公司太久，卻像是度日如年。

楚彥印心想：姚興怎麼也不彙報一下？

姚興彷彿聽到楚董內心的呼喚，下一秒便聯絡上董事長。

楚彥印有種意料之內的感覺，語氣竟有些自得：「哼，她又做錯什麼事？」

『楚董，楚總並沒有犯錯，只是細節上有點問題……』姚興面露難色，他簡單地闡述完楚楚的行為，又趕忙補充一句，『當然，楚總深得您真傳，眼光精確！』

楚彥印同樣感到震驚，怒道：「她賺完錢就跑？沒再說點什麼？」

姚興其實小心地提醒過楚總，暗示她稍微分出一些，略表綿薄孝心。然而，錢都已經落入楚楚的口袋了，怎麼可能再掏出來？

姚興委婉道：『楚總說她是空降兵，不會干涉公司的內部管理。如果奇蹟影業有心改行做遊戲，她可以介紹優質團隊。』

潛臺詞就是，誰要是覬覦遊戲造型的收入，可以自己上手研發遊戲。

楚彥印：「……」

楚彥印怒道：「趕緊押著她去處理公司的事務！賺了錢就想跑，哪有這麼容易？」

楚彥印萬萬沒想到，楚楚還能如此豐厚自己的小金庫。三個月一過，就算奇蹟影業真的虧損，她私下賺的錢也比賠得多，未免太過狡猾！

楚彥印不允許這種事情發生，必須讓她在自己的崗位上發光發熱。

齊盛電影內，楚楚最近明顯感覺到姚興對自己的重視。姚興的態度無可挑剔，他全程禮貌周全，卻總是把她往辦公室趕，還將無數重要文件堆在桌上，讓她一一過目。

以前花裡胡哨的甜食撤去，全被厚厚的資料取而代之。楚楚偶爾離開辦公室活動片刻，姚興就會上前噓寒問暖，詢問工作進度。

楚楚面對堆積在桌上的事務，頭一次感到頭痛，嘀咕道：「我還是希望他把我當小孩，可以摸魚三個月……」

張嘉年正在遠端處理銀達投資的事務。他聽到她抱怨的語氣，不免感到好笑：「這不是您擅長的事情嗎？畢竟我學的是金融，姚總學的是工程力學，都沒有您專業。」

堆積在桌上的，皆是齊盛電影正在接觸的院線專案。顯然楚楚在影視內容的判斷上，比另外兩個人還要好。畢竟姚興原本是技術型人才，逐步轉型成管理的崗位，他以前主要負責全國影院的布局和硬體更新等。

楚楚瞇起眼，不滿道：「我也不專業！」

張嘉年隱隱猜到她曾是影視業內人，卻還是好奇地問道：「那您以前是學什麼的？」

楚楚理直氣壯地撒謊：「馬克思主義理論。」

張嘉年：「……」

張嘉年：楚總的嘴，騙人的嘴。

楚楚只要處理完桌上現有的事務，姚興又會立刻把新的送過來。循環往復下來，她便掌握到要領了，光明正大地開始摸魚，每天都準時上下班。

楚楚在辦公室內晃來晃去，最後百無聊賴地盯著張嘉年看，觀察他的「路人甲」光環。她展開科學性的思考，為什麼主世界要幫張嘉年分配「路人甲」光環？而且她沒有在其他人頭上見過同樣的光環？

張嘉年原本正全神貫注地在工作，似乎察覺到她的視線，疑惑地轉頭：「您在看什麼？」

楚楚：「看你啊，不行嗎？」

張嘉年：「……」

楚楚興致勃勃地湊上前，慫恿道：「稍微休息一下，我們閒聊片刻嘛。」

張嘉年對她偷懶還拉人下水的行為哭笑不得，好脾氣道：「您想聊什麼？」

楚楚振振有辭：「我們聊一些跟專業研究相關的話題。」

張嘉年沒想到她如此正經，試探地問道：「比如？」

楚楚掏出紙筆，似乎還想正規地記錄下來。她眨眨眼，義正辭嚴地提問：「你知道自己長得很好看嗎？」

張嘉年撞上她亮晶晶的眼眸，他臉上露出一絲赧意，問道：「這種問題有什麼好研究的？」

「我在研究人類心理學，這是問題範本。」楚楚坦然道，「你還沒回答我。」

張嘉年對她的措辭半信半疑，悶聲答道：「不知道。」

楚楚挑眉，她在紙上隨意勾勾畫畫：「那你現在知道了。」

張嘉年：「……」

楚楚繼續道：「你的顏值有影響過你的正常生活嗎？」

張嘉年感覺自己羞恥的底線遭到挑戰，他硬著頭皮道：「楚總，我們能換個話題嗎？」

楚楚點點頭，立刻更換問題：「你知道自己很有魅力嗎？」

張嘉年：「……您可以談點別的嗎？」

楚楚：「談什麼？談戀愛？」

張嘉年的大腦瞬間炸開，在她半開玩笑的語氣中心跳加速。他沒辦法隱藏自己燥熱的情緒，只能緊抿著嘴克制，一時有些氣惱。她每次都玩世不恭地胡亂調侃，從來不看對象，隨意地撩撥春水，然後抽身離去，這讓他覺得自己很沒出息。

他心底竟難得生出一絲怨懟，她是不是總愛跟人開玩笑，才會引來明凡、尹延之輩？

他明知道自己沒有資格，此時卻還是有點生氣。

張嘉年垂下眼，淡淡道：「我不建議您以後對其他人進行同樣的提問。」

楚楚頭一次看見他露出這種表情，不免感到意外：「為什麼？」

張嘉年向來態度溫和，對她更是百般遷就，第一次用如此嚴厲的語氣說話。

張嘉年抿抿唇：「您的行為，在某種意義上會令人產生誤會。」

楚楚：「什麼誤會？」

張嘉年一時難以啟齒，最終還是嚴肅地開口：「誤會您在職場性騷擾。」

楚楚頓時沉默下來。

張嘉年看她面無表情，心中同樣不太好受。他知道她只是在開玩笑，自己也該習慣，但現在適時地拉開一點距離，或許對兩人都好。

他不是精密的機器，沒辦法永遠保持理智。

辦公室內突然安靜下來，兩人似乎陷入僵局。

楚楚神色平靜地坐在滾輪椅上，她雙腿一盪，輕鬆地滑到張嘉年身邊。張嘉年察覺到她靠近，只是無言地盯著電腦螢幕，連半分目光都沒分給她，似乎不打算讓步。

楚楚見狀，她直接伸出手，毫不客氣地摸了他的大腿，信誓旦旦地反駁：「這才叫職場性騷擾。」

張嘉年沒料到她如此大膽的舉動，他察覺到腿上過電般的觸感，臉上立刻染滿桃花的顏色，難以置信地回頭看她。他眼神微閃，喉結輕輕顫動，眼中頗有惱羞成怒的意味。

楚楚挑釁地揚起下巴，不服氣道：「我什麼都沒做，你就往我頭上扣上罪名。要是我真的騷擾你，你難道還打算把我送去坐牢？」

張嘉年被她的邏輯氣笑，反問道：「您這是理不直、氣也壯？」

楚楚躍躍欲試地伸出小手，頻頻扒拉他的手臂說道：「我就騷擾你，怎麼了？」她繼續晃著腦袋道，「張總助真好看，張總助真好看，張總助真好看。我就騷擾你，怎麼了？有本事你告我啊。」

她恨不得在臉上寫下得意洋洋、飛揚跋扈，讓人看著就想打。

「……」張嘉年遭遇屁孩無端挑釁，頭一次覺得自己的耐心與包容，在她的沒心沒肺前告罄。

張嘉年心中油然而生伸張正義、替天行道的念頭，他直接轉過身來，精準地捏住她的臉，問道：「您要騷擾誰？」

楚楚面對他的襲擊，猝不及防受制於人，趕忙拍了拍手，叫道：「說話歸說話，別動手啊！」

張嘉年露出無懈可擊的笑容：「說說看，您要騷擾誰？」

楚楚滿臉正色，警告道：「快鬆開，不然我要叫人了！」

張嘉年心平氣和道：「讓大家看到您被捏臉的樣子嗎？」

楚楚威脅道：「你再不放手，我就要咬你了！」

張嘉年本來沒將她的奶貓式掙扎放在眼裡，直到他感覺到手背上溫熱的氣息和柔軟的觸感，才驚慌地鬆開手指，渾身僵硬地立在原地。

楚楚只是偏頭假裝張口，不料張嘉年卻被嚇得直接鬆手。她看他緊繃著臉，不由面露猶豫：「別用那種眼神看著我，我可沒有咬啊。」

張嘉年：「……」

張嘉年最終在屁孩面前敗北，選擇去茶水間冷靜片刻。他不敢看她，一言不發地開門而出，連頭都不回。

楚楚茫然地盯著他匆匆離開，不知道自己哪裡惹到張總助了。

午餐期間，姚興像往常一樣通知楚總用餐。他在進屋後發現只有楚總在，沒看到張嘉年，不免疑惑：「嘉年不在嗎？」

楚總和張嘉年幾乎形影不離，難得看他不在辦公室。

「他馬上就回來。」楚楚滿臉坦然，絲毫沒有身為罪魁禍首的愧疚。

「那等等他吧。」姚興了然地點頭，並不知道張總助剛才承受了什麼。

楚楚最近在齊盛電影辦公，姚興幾乎都會在午餐時間陪同。兩人等待張嘉年歸來，索性聊起工作。

姚興帶著楚彥印的囑託而來，試探地問道：「楚總，您上次對奇蹟影業未來的發展，好像有些看法？」

楚楚裝傻道：「有嗎？我不記得了。」

姚興眉毛一跳，心想她在國外還把奇蹟影業貶得一無是處，轉頭就開始裝失憶？

姚興耐心地提示：「您不是說奇蹟在籌備中的專案都不好？」

楚楚滿臉正直，振振有辭：「你可別胡說啊，奇蹟影業在偉大領袖楚董的帶領下，怎麼可能會不好？」

姚興：「……」

他對楚董和張嘉年的敬佩之情油然而生，他們平時究竟是怎麼堅持下來的？

楚楚當然猜得到姚興的主意，他肯定是奉命來督促她幹活，索性跟老頭子打起太極。楚楚現在覺得齊盛集團內部的水太深，要是她貿然插手，說不定會被老楚推翻船，尤其是影視製作的部分，時間跨度太長，實在不好控制。

她只有三個月的時間，就算現在給出好主意，到時候她走人，一旦在實際操作中出現問題，也會直接拖垮好的專案。不少高投資專案因中途資金鏈斷裂，最後的成品也無緣跟觀眾見面，賠得血本無歸。

楚楚為避免老楚甩鍋，索性不蹚渾水，直接靠光界娛樂充盈金庫，真金白銀才是最實在的。

姚興當然知道她心裡的想法，他循循善誘地規勸：「楚總，我說句實話，齊盛以後同樣是由您接手，如今您先一步介入奇蹟影業，不就能省好多工夫？」

楚楚眨眨眼，直言道：「依照老楚的個性來看，等到我接手的時候，奇蹟說不定早就被賣了，不用現在費工夫。」

老楚顯然是閒不下來的人，他到退休年紀還要發光發熱，哪可能這麼容易就離開？

姚興覺得楚總的心態相當神奇，她的表情簡直像是盼著奇蹟破產，好藉此打臉楚董。

他沒有辦法，只得祭出殺手鐧：「楚董說，如果您真的有心管理奇蹟影業，可以先接任CEO的職務，到時候就算您回到銀達工作，依然可以直接介入奇蹟的專案。」

楚楚頗感無語，吐槽道：「我又不是沒有影視公司，而且奇蹟都快倒了，他還想把我推到CEO的位置上？」

姚興語重心長道：「瘦死的駱駝比馬大，奇蹟影業的效益再差，規模還是遠超越辰星影視，您也不吃虧。」

「實際上，奇蹟影業完全可以作為您前往海外的跳板，我相信您的布局絕不止於國內。」姚興繼續遊說，「雖然它目前看起來很糟，但只要步入正軌，絕對能成為刺向海外市場的利刃。」

楚楚陷入思考，她自然知道這些道理，楚彥印肯定不是一股腦地收購，他是看到奇蹟影業背後的價值，才會拋出高價。問題是風險實在太高，誰也沒辦法保證能將連虧四年的公司引向上坡。

楚楚沉默片刻，問道：「如果我接手的話，你們不會干預決策？」

姚興點點頭：「當然不會，我們充分尊重您的意見。如果產生任何收益，同樣歸您。」

楚楚一聽到錢歸自己，立刻痛快道：「好，我答應。」

姚興看她點頭，鬆了口氣，問道：「既然如此，您下一步有什麼規劃？」

姚興勸說楚總成功，只等她大顯身手，好好在奇蹟影業大幹一場。

楚楚：「我現在是奇蹟的CEO，拿授權是不是可以不花錢？」

姚興：「……」

姚興頓感不妙，她該不會想一輩子靠賣造型賺錢吧？

姚興跟楚楚協商完，立刻走出辦公室，向楚董彙報情況，正好跟迎面而來的張嘉年擦肩而過。張嘉年進屋後得知來龍去脈，萬萬沒想到自己只是去一趟茶水間，回來後她便光榮出任奇蹟影業的ＣＥＯ。

屋內只剩兩人，張嘉年不由心情微妙，忍不住道：「您是在十分鐘內隨手撿了一間公司嗎？」

張嘉年覺得她手腳可真快，他只是離開十分鐘也能發生大事。

楚楚見他歸來，她停下轉動的椅子，好奇道：「你去哪裡了？」

她剛才不過是佯裝要咬他，他便像被鬼追逐般落荒而逃，恨不得奪門而出，讓她摸不著頭緒。

張嘉年不好說自己是調整情緒，在茶水間進行表情管理，他答道：「洗手。」

楚楚聞言不滿：「我又不髒，你為什麼要洗手？」

張嘉年沒想到自己倉皇給出的理由，還能被她抓住把柄。他無奈地解釋：「您誤會了，我沒有那個意思……」

楚楚：「那你證明一下。」

張嘉年：「要怎麼證明？」

楚楚：「你用手碰我一下，證明洗手跟我無關。」

張嘉年：「……」

張嘉年對她幼稚的言行哭笑不得，他只得輕輕地點了點她的額頭，開口道：「這樣可以了嗎？」

楚楚挑眉，洋洋得意道：「你這算騷擾了啊，一人一次，現在誰也不欠誰。」

張嘉年：「……」

張嘉年想起剛才的新仇舊恨，不免有些氣悶，他又戳了一下她的額頭，以解心頭之恨。

楚楚立刻捂住額頭，叫道：「不准騷擾我，你現在欠我一次！」

張嘉年看著她記仇的架勢，用手指再戳一下。

「兩次。」

他繼續戳。

「三次。」

張嘉年聞言，直接進行連擊，他用食指一連串地戳完後，臉上浮現出一絲笑意，故意道：「您要是數得清，那就記吧。」

他戳她額頭的力道不大，但速度極快，她能數得清才怪。

楚楚被他連戳好幾下，確實記不清次數，不過她也不是省油的燈，鎮定道：「既然計數不容易，我先幫你預估一個數字，四捨五入，記一億次。」

張嘉年對她的邏輯甘拜下風，好一個四捨五入，未免入得太多？

姚興跟楚彥印彙報完，楚楚便走馬上任。

她接手奇蹟影業的第一件事，並不是去拿其他作品的授權，而是停掉部分專案。奇蹟影業是一家電影製作公司，單個專案投資規模巨大，大多都要花費上億美金。除了合資專案，其中不夠優秀的獨資電影都被暫時擱置，有的劇本還能繼續打磨，有的大概不會再見天日。

這是相當大膽的舉動，自然也在公司內引來不少非議。畢竟有些專案前期已經產生投入，現在貿然停下，團隊的心中也會不痛快，覺得竹籃兒打水一場空。

姚興得知楚總的決策，同樣後腦勺冒汗，小心翼翼地問道：「一定要停嗎？」

「如果專案不過關，及時止損是最好的辦法。」楚楚果決道，「事實上，前兩年奇蹟的電影票房慘敗，有些專案就該拿掉。」

楚楚心裡清楚，她的改革必然會引發團隊不滿，前路可謂困難重重。她決定停掉別人的專案，當事人心裡肯定會不好受，但想讓目前連年虧損的奇蹟影業東山再起，不免要面對斷捨離。

有些電影專案的流程走下來，是需要好幾年的，奇蹟影業拖不起。姚興等人其實也嘗試做出改變，挽救虧損的頹勢，例如將奇蹟的專案數量逐年遞減，但都是治標不治本的方法。

姚興見狀不好再勸，楚董和他有言在先，不干預奇蹟影業的事情，總不能立刻違背諾言。

姚興不管，不代表其他人不介意，很快就有人上門攛掇姚興繼續和楚楚談判。

「姚總，我覺得您應該讓楚總三思而行。我們的專案籌備了將近一年，現在說停就停，總要給大家一個說法？」

高嵐清得知專案被叫停後，專程來到齊盛電影跟姚興面談。高嵐清有在好萊塢從業的背景，履歷光鮮亮麗，也參與過奇蹟影業國內外的合資專案，自然有資格找上姚興。

姚興從善如流道：「我已經跟楚總商量過，這是我們綜合考慮後做出的決定。」

高嵐清自然不信，姚興以前明明什麼話都沒說，但楚總到奇蹟影業走一圈後，專案立刻被停，誰能不多想？

公司內有傳聞，楚總很可能接任奇蹟影業CEO，她顯然是新官上任三把火，上來就要大開殺戒。

高嵐清知道楚總身分特殊，大家都不好得罪，這才找到姚興，希望他從中斡旋。她據理力爭道：「姚總，電影跟電視劇不一樣，雖然楚總以前製作過電視劇，但兩者實在不能相提並論。」

姚興也很頭痛，最近像高嵐清這樣找上門的人著實不少。他乾脆道：「正好楚總今天在公司，不如我帶妳過去，直接跟她面談。」

姚興帶高嵐清過去的時候，他內心是有點憂慮的，畢竟楚總向來刻薄，難保不會讓對方下不了臺。

今日張嘉年恰好不在，楚楚正坐在辦公室內看文件，她聽見敲門聲，應道：「請進。」

楚楚抬頭一看，發現姚興推門而入，他身後還跟著一個生面孔。姚興出面介紹道：「楚總，這是奇蹟影業的電影製作人高嵐清，以前做過不少電影專案，她想跟您談談。」

楚楚看著面前的女子若有所思，開口道：「妳好。」

雙方簡單打過招呼後，高嵐清便開門見山道：「楚總，我希望您再考慮一下，現在叫停專案真的很可惜。」

姚興站在一旁，安靜地等待楚總開口反駁，畢竟她曾經對奇蹟的專案進行毒舌評價，將其批評得一無是處。

下一刻，楚總卻點點頭，贊同道：「是很可惜。」

姚興：「？」

姚興原本計畫在楚總痛斥高嵐清後出言安慰，沒想到老闆卻不按牌理出牌。

高嵐清同樣滿臉茫然，猶豫道：「那您為什麼要叫停專案？是哪裡讓您覺得不夠滿意嗎？」

高嵐清甚至產生自我懷疑，莫非這真不是楚總的意思？

楚楚真誠道：「你們都做得很好，只是我們過去的管理層不夠好而已。」

「管理層最初的戰略規劃就不對，才會讓大家走到今天這一步。」楚楚信誓旦旦道，「我在這裡代替楚董和姚總向你們道歉，實在是非常對不起。」

旁觀的姚興沒想到自己突然變成當事人，他對楚楚將責任推得一乾二淨的行為目瞪口呆，這是領導者該做的事嗎？

姚興想要辯駁：「楚總，我……」

楚楚擺擺手，安慰道：「沒事，姚總不要愧疚，我們現在重新開始，一切都還來得及。」

姚興：「……」

——《我有霸總光環【第一部】攻心為上》完結——

——《我有霸總光環【第二部】攻城為下》敬請期待——

高寶書版集團
gobooks.com.tw

YH 140
我有霸總光環【第一部】攻心為上（下）

作　　者　江月年年
責任編輯　眭榮安
封面設計　單宇
內頁排版　賴姵均
企　　劃　何嘉雯

發 行 人　朱凱蕾
出　　版　英屬維京群島商高寶國際有限公司台灣分公司
Global Group Holdings, Ltd.
地　　址　台北市內湖區洲子街88號3樓
網　　址　gobooks.com.tw
電　　話　(02) 27992788
電　　郵　readers@gobooks.com.tw（讀者服務部）
傳　　真　出版部(02) 27990909　行銷部 (02) 27993088
郵政劃撥　19394552
戶　　名　英屬維京群島商高寶國際有限公司台灣分公司
發　　行　英屬維京群島商高寶國際有限公司台灣分公司
初　　版　2023年9月

本著作物《我有霸總光環》，作者：江月年年，由北京晉江原創網絡科技有限公司授權出版。

國家圖書館出版品預行編目(CIP)資料

我有霸總光環. 第一部, 攻心為上 / 江月年年著. -- 初版. -- 臺北市：英屬維京群島商高寶國際有限公司臺灣分公司, 2023.09
冊；　公分. --

ISBN 978-986-506-799-1(上冊：平裝). --
ISBN 978-986-506-800-4(下冊：平裝). --
ISBN 978-986-506-801-1(全套：平裝)

857.7　　112013296